Jean-Patrick Manchette

Westküstenblues

Aus dem Französischen
von Stefan Linster

DistelLiteraturVerlag

Lektorat: Gudrun Gründken

Sonnengasse 11, 74072 Heilbronn
Die Originalausgabe erschien 1977
unter dem Titel «Le petit bleu de la côte Ouest»
in der Série Noire bei Éditions Gallimard (Paris)

Umschlagentwurf: Jürgen Knauer, Heilbronn
Druck und Bindung: Fritz Steinmeier, Nördlingen
ISBN 3-923208-62-6

1

Was zur Zeit geschieht, kam ab und zu vor: Georges Gerfaut fährt gerade den äußeren Ring des Boulevard Périphérique entlang. Er hat die Auffahrt Porte d'Ivry genommen. Es ist halb drei oder vielleicht viertel nach drei morgens. Ein Streckenabschnitt des inneren Ringes ist wegen Reinigungsarbeiten gesperrt, und auf dem Rest ist der Verkehr fast gleich Null. Auf dem äußeren Ring sind vielleicht zwei oder drei, höchstens vier Fahrzeuge pro Kilometer unterwegs. Darunter ein paar Lastwagen, von denen mehrere extrem langsam sind. Die anderen Fahrzeuge sind Personenwagen, die alle sehr schnell fahren, weit über der erlaubten Höchstgeschwindigkeit. Einige Fahrer sind betrunken. Das gilt auch für Georges Gerfaut. Er hat fünf Gläser Four-Roses-Bourbon getrunken. Außerdem hat er vor ungefähr drei Stunden zwei Tabletten eines starken Barbiturats geschluckt. Das alles hat bei ihm keine Müdigkeit hervorgerufen, sondern eine angespannte Euphorie, die jeden Augenblick in Wut umzuschlagen droht oder aber in eine Art vage Tschechowsche und vor allem bittere Melancholie, was weder ein sehr heldenhaftes noch interessantes Gefühl ist. Georges Gerfaut fährt 145 km/h.

Georges Gerfaut ist ein Mann unter vierzig. Sein Wagen ein stahlgrauer Mercedes. Das Leder der Sitze mahagonifarben, wie auch die gesamte Innenausstattung des Autos. Das Innere von Georges Gerfaut ist düster und konfus, man kann darin undeutlich linkes Gedankengut erkennen. Auf dem Armaturenbrett, über den Instrumenten, sieht man eine kleine matte Metallplakette, auf der Georges' Name, seine Adresse, seine Blutgruppe und eine abscheuliche Abbildung des heiligen Christophorus eingraviert sind. Über zwei Lautsprecher – einer unterm Armaturenbrett, einer auf der Ablagefläche hinten – verbreitet ein Kassettengerät gedämpft *West-Coast-Jazz:* Sachen von Gerry Mulligan, Jimmy Giuffre, Bud Shank oder Chico Hamilton. Ich weiß zum Beispiel, daß einmal *Truckin'* von Rube Bloom und Ted Koehler läuft, gespielt vom Bob-Brookmeyer-Quintett.

Den Grund, weshalb Georges so mit verminderten Reflexen über den Périphérique rast und dabei diese Musik hört, den muß man vor allem in Georges' Platz innerhalb der Produktionsverhältnisse suchen. Die Tatsache, daß Georges im Laufe des Jahres mindestens zwei Männer getötet hat, spielt dabei keine Rolle. Was zur Zeit geschieht, kam auch früher ab und zu vor.

2

Alonso Emerich y Emerich war auch jemand, der Menschen getötet hat, in weitaus größerer Zahl als Georges Gerfaut. Georges und Alonso lassen sich nicht mit gleichen Maßstäben messen. Alonso wurde in den zwanziger Jahren in der Dominikanischen Republik geboren. Die Verdoppelung seines germanischen Nachnamens zeigt uns – genau wie bei seinem Freund und Waffenbruder, dem General Elias Wessin y Wessin –, daß seine Familie zur weißen Elite der Insel gehörte und dies durch die Verdopplung unterstreichen wollte, ebenso wie die Reinheit ihres Blutes, unbefleckt von jeglicher Kreuzung mit niederen Rassen indianischer, jüdischer, negroider oder anderer Natur.

In den letzten Tagen seines Lebens war Alonso ein pummeliger Fünfzigjähriger, mit dunkler Hautfarbe und gefärbten Schläfen, der ein großes Bauernhaus auf einem sehr weitläufigem Landgut in Vilneuil bewohnte, einem Weiler in Frankreich, dreißig Kilometer von Magny-en-Vexin entfernt. In den letzten Tagen seines Lebens nannte Alonso sich Taylor. Die recht spärliche Post, die er bekam, war an Monsieur Taylor adressiert oder manchmal auch an Colonel Taylor. Bei den Lieferanten und Nachbarn galt er als Nordamerikaner oder vielleicht als Brite, der lange in den Kolonien gelebt hatte, wo er durch Handel zu Vermögen gekommen war.

Alonso war tatsächlich sehr reich, führte aber ein erbärmliches Leben. Er lebte völlig allein. Er hatte Angst. Niemand bearbeitete den Boden seines riesigen Besitzes, und im Haus gab es keine Bediensteten, weil Alonso niemanden hereinlassen wollte. Die einzigen Personen, die er während des kurzen Zeitraums, den er hier verbrachte und der die letzten Tage seines Lebens umfaßte, hereinließ, waren zwei Typen mit sehr beschränktem, aber unzweideutigem Wortschatz, mit dunklen Anzügen, die in einem knallroten Lancia Beta Berlina 1800 herumfuhren, was nicht unauffällig ist und nicht zu ihnen paßt. Einer der beiden Typen war kleiner und jünger als der andere, hatte schwarzes gewelltes Haar und sehr hübsche blaue Augen. Er gefiel den Frauen. Nach kurzer Zeit bekamen diese heraus, daß ihn an den Frauen nur interessierte, daß sie ihn schlugen. Er schlug sie nicht, und er wollte sie auch auf keinen Fall penetrieren. Also machten die Frauen mit ihm Schluß, außer die perversen Sadistinnen. Diese perversen Sadistinnen allerdings jagte er fort, sobald er merkte, daß sie Spaß daran fanden, ihn zu schlagen. Er sagte, sie widerten ihn an.

Der andere Typ war ein Vierzigjähriger mit Stirnglatze und ein wenig vorstehendem Oberkiefer, großen Zähnen und trockenen Haarsträhnen von fahlem Weiß. Dieser Typ hatte eine große kreisbogenförmige Narbe quer über die Kehle, sehr beeindruckend. Er hatte sich angewöhnt, sein Kinn auf den Hals zu drücken, um diese Narbe zu verbergen. Er war groß und schlaksig, und diese Art, den Kopf zu halten, gab ihm ein bizarres Aussehen. Diese beiden Typen haben ebenfalls eine Menge Leute umgebracht, doch sie und Georges Gerfaut lassen sich nicht mit gleichen Maßstäben messen, und auch Alonso waren sie nicht ähnlich. Leute umzubringen, war ihr zweiter Beruf. Vorher hatte der jüngere im Hotelgewerbe gearbeitet, zunächst als Kellner, danach als dreisprachiger Empfangschef. Und der andere war eine Art Söldner gewesen, der seine vielfältigen Dienste jedermann anbot. Georges Gerfaut ist kaufmännischer Angestellter. Sein Beruf ist es, an unterschiedlichen Orten Frankreichs und Europas Privatpersonen wie auch juristischen Personen all die kostspieligen Elektroartikel zu verkaufen, die seine Firma, eine Niederlassung des ITT-Konzerns, herstellt, und deren Funktionsweise er kennt, denn er ist Ingenieur. Alonsos Beruf war der Krieg. Er war Offizier der dominikanischen Armee. Er gehörte dem MED, dem Militärischen Ermittlungsdienst, an. Die besten Jahre seines Lebens waren die zwischen 1955 und 1960, die er auf dem Luftwaffenstützpunkt San Isidro verbrachte. Krieg führte er dort nicht. Der einzige Staat, gegen den die Dominikanische Republik bequem Krieg führen könnte, ist die Republik Haiti, weil sie auf derselben Insel liegt. Alle anderen Länder sind von der Dominikanischen Republik zumindest durch eine große Wasserfläche getrennt. Aber auch mit Haiti gab es keinen Krieg. Alonso fühlte sich wohl dabei. Auf der Luftwaffenbasis San Isidro schickte er im Einvernehmen mit seinem Freund und Kollegen Elias Wessin y Wessin (Kommandant der Basis, der zu einem halbwegs historischen, wenn auch sehr mittelmäßigen Schicksal bestimmt war) Flugzeuge der dominikanischen Luftwaffe nach Puerto Rico, von wo sie Alkohol und andere Lebensmittel ohne Zoll mitbrachten. Alonso und Elias lebten wie die Maden im Speck. Und sie waren unantastbar. Denn wenn es in Santo Domingo auch, wie vielerorts, keinen Krieg mit dem Ausland gab, so gab es wie überall den sozialen Krieg, und die wichtigste Funktion des dominikanischen Heeres war wie überall, den sozialen Krieg zu gewinnen, wann immer sich das Bedürfnis danach bemerkbar machte. Unter diesem Gesichtspunkt waren die nachrichtendienstlichen Aufgaben des MED von grundlegender Bedeutung. Regelmäßig wurden Personen, die verdächtigt wurden, mit dem Klassenfeind unter einer Decke zu stecken, nach San Isidro gebracht, und die Aufgabe des MED, unter der Leitung von Alonso, bestand darin, diese zum Reden zu bringen, durch Schlagen, Vergewaltigen, Aufschneiden und tödliche Stromschläge, durch Kastrieren, Ertränken in einfallsreich konstruierten Räumlichkeiten und durch Kopfabhacken.

Am 30. Mai 1961 wurde Trujillo, der «Wohltäter», auf einer Landstraße von Kugeln eines Kommandos durchsiebt, dessen Mitglieder sowie einige Komplizen man später erwischte. Für Alonso und Elias waren die schönen Tage vorbei, oder fast vorbei. Die Söhne des «Wohltäters» hielten sich noch 180 Tage, und nach ihnen, unter der Präsidentschaft von Balaguer, hatten Alonso und Elias noch genügend Zeit, die Wahlen von 1962 vorzubereiten, indem sie die Bauern von Palma Sola massakrierten und den regierungstreuen General Rodriguez Reyes liquidierten. Und nach der Wahl des kleinen Demokraten Juan Bosch stürzte Elias diesen, um Donald Reid Cabral, den Repräsentanten der CIA und der Austin Automobiles in Santo Domingo, an seine Stelle zu setzen. Und weniger als zwei Jahre später bemerkte Elias, daß hinter dem demokratischen Ex-Polizisten Caamano eine Revolution im Gange war, und der gab er sich mit Herzenslust hin, mit all seinen Panzern, seinen *Mustang* und seinen *Meteor*, vor allem gegen die nördlichen Vororte der Hauptstadt Santo Domingo, weil die größte Gefahr in der Tat von dort ausging: die Arbeitermilizen und andere Schweine plünderten, *horresco referens**, die große Pepsi-Cola-Flaschenfabrik in der Nähe des Friedhofs, um Molotowcocktails zu machen. Aber die Amerikaner, die wie Elias die wahre Gefahr (hinter den gemäßigten und gewissermaßen Kennedyschen Erklärungen Caamanos) erkannt hatten und die infolgedessen Elias eine entscheidende Unterstützung geliefert haben: mit Logistik, Waffen, Munition, Hubschraubern, Flugzeugträgern, *Marines*, Luftbrücke (1 539 Landungen) und mit dieser Scheißdoktrin des «neutralen» Korridors – diese Amerikaner also werden Elias nach dem Sieg hereinlegen und ihn für eine Zeitlang nach Miami verbannen. Das ist nicht fair.

Alonso hingegen war seit 1962 nicht mehr dort. Im Unterschied zu Elias fand er keinen Gefallen an der Macht, sondern nur an den Bequemlichkeiten dieser Welt. Er hatte die Abreise der Familie des «Wohltäters» überwacht, einschließlich des Gepäcks (die Leiche, die Staatsarchive, die außerordentliche Menge Knete). Und das hatte ihn auf ein paar Ideen gebracht. Als dann die Wahlen von 1962 Juan Bosch an die Macht brachten, flog Alonso ab ins Exil, wohin er zuvor bereits ungeheure Mengen Geld überwiesen hatte.

---

* Erklärungen zu einigen Wörtern und Begriffen (im Text mit einem * gekennzeichnet) sowie Bemerkungen zu den Namen bei Manchette am Ende des Buches *(Anm. d. Übers.)*.

Vielleicht baute seine Intelligenz in den folgenden Jahren ab, die zu Jahren eines immer rastloseren Umherirrens wurden. Oder vielleicht war Alonso auch von Anfang an ein Halbidiot. Erinnern wir uns, daß er es selbst auf dem Höhepunkt seiner Macht nur zum Rang eines höheren Militärpolizisten gebracht hatte. Man wundert sich dann weniger darüber, ihn in den letzten Jahren seines Lebens völlig verängstigt zu sehen, und darüber, daß er niemanden mehr, weder Bauer noch Diener, zu sich hereinläßt, aus Angst, es könnte sich um einen Agenten der CIA handeln oder der dominikanischen Regierung oder irgendeiner Organisation exilierter dominikanischer Revolutionäre. Die Wahrheit ist, Alonso wurde alt. Als er sich in Frankreich, nicht weit von Magny-en-Vexin, niederließ, war er ein gebrochener Mann. Gebrochen genug jedenfalls, um zu beschließen, sich nicht mehr vom Fleck zu rühren. Erinnern wir uns im übrigen, daß es sich um einen Mann handelt, der, als die Witwe eines Verurteilten nicht an den Tod ihres Mannes glauben wollte, dieser per Postpaket den Kopf des Toten schicken ließ – mit irgendwas zwischen den Zähnen. Und geben wir zu, auch wenn seine Befürchtungen unvernünftig waren, sie hatten eine reale Grundlage.

Er hatte selbst dem Briefträger verboten hereinzukommen. Der Postbote hinterlegte die wenigen Briefe in einem Kasten am Straßenrand, am Gittertor des Anwesens. Für den Fall, daß der hätte drübersteigen wollen, und überhaupt für alle Fälle, hielt Alonso einen Kampfhund, ein Bullmastiffweibchen.

So waren die Felder rund um das Wohnhaus nicht bestellt und brachten folglich nichts hervor, und das Innere des Hauses verwahrloste mehr und mehr, mangels Personal. Die Bauern der Umgebung murrten angesichts dieses brachliegenden Landes. Sie sprachen einige Male davon, deswegen zu demonstrieren. Und bestimmt hätten sie sich eines Tages auch dazu entschlossen. Alonsos Tod hat dieses Problem gelöst.

Zuvor, in den letzten Tagen seines Lebens, gab Alonso gewöhnlich um fünf oder sechs Uhr morgens seine Versuche auf einzuschlafen. Er verließ sein zerwühltes Bett und sein Zimmer im ersten Stock. In der großen Küche bereitete er sich ein englisches Frühstück zu, bestehend aus Obstsaft, einem Teller Getreideflocken mit Milch sowie einem warmen Gericht, dazu starken Tee und zum Abschluß Toastscheiben, die er diagonal zerteilte, bevor er sie mit einer dünnen Schicht Butter und einem Film Honig oder Orangenmarmelade bestrich.

Nach diesem Frühstück zog Alonso einen Trainingsanzug an und lief lange in Gesellschaft seiner Bullmastiffhündin namens Elizabeth in kleinen Schritten über seinen Besitz, über das von Unkraut überwucherte Land. Danach kehrte er ins Haus zurück und rührte sich den ganzen Tag nicht mehr vom Fleck, außer um auf das Klingelzeichen der Lieferanten zu reagieren. Dann beobachtete er mit einem sehr guten Fernglas das Gittertor durch ein Fenster im Erdgeschoß. Wenn er zufrieden war, trat er aus dem Haus und ging, mit einem Colt Officer's Target, Kaliber .38 long, bewaffnet, zum Gittertor. Dort nahm er die Lieferung von Lebensmitteln, die man ihm gebracht hatte, in Empfang. Er duldete es nicht, daß der Bote das Anwesen betrat, und trug die Lebensmittel selbst zum Haus. Manchmal handelte es sich dabei um schwere Lebensmittel, beispielsweise um eine Kiste Whisky, und während Alonso die Kiste zum Haus trug, schwitzte er sehr heftig und bekam ein unkontrolliertes Zittern in den Waden und auch im Mundwinkel.

Im Salon seines Wohngebäudes stand eine westdeutsche Hi-Fi-Anlage der Marke *Sharp*. Diese staubte Alonso immer sorgfältig ab, während alle übrigen Möbelstücke und Einrichtungsgegenstände in seinem Domizil beinahe nie gesäubert wurden und heillos mit einer fettigen Schmutzschicht überzogen waren. Alonso staubte auch die quadrophonischen Lautsprecherboxen ab, die sich fast überall im Haus befanden, so daß die von der Anlage kommende Musik überall gehört werden konnte, selbst in den beiden Klos und den beiden Badezimmern. Alonsos musikalischer Geschmack war grundverschieden von dem Georges Gerfauts. Die Schallplattensammlung von Alonso kann man in drei Kategorien unterteilen. Zunächst klassische Musik von Bach, Mozart oder Beethoven. Dann schmalzige amerikanische Unterhaltungsmusik wie Tony Bennett und Billy May. Diese Platten hörte sich Alonso nie an. Was er sich pausenlos anhörte, sobald er seinen Spaziergang mit Elizabeth beendet hatte, waren Sachen von Tschaikowsky, Mendelssohn, Liszt…

Während er diesen Musikstücken lauschte, hockte Alonso in seinem Büro im Erdgeschoß, hinter dessen ständig verschlossenen Fenstern sich die von Unkraut überwucherten Felden erstreckten, und er verfaßte, den Colt Officer's Target neben sich auf einer Ecke des Schreibtischs, seine Memoiren mit einem Parker-Füller auf Durchschlagpapier. Er schrieb *sehr* langsam. Häufig schrieb er nicht einmal eine ganze Seite, bei zehn oder fünfzehn Stunden Arbeit.

Er aß nicht zu Mittag. Abends, gegen 18 Uhr 30, aß er in der Küche Konserven und Obst. Anschließend räumte er das Geschirr in eine Geschirrspülmaschine, wo es sich zu dem vom Frühstück hinzugesellte. Danach arbeitete Alonso noch ein paar Stunden weiter, schaltete die Musik ab, setzte die Geschirrspülmaschine in Gang, stieg mit einem Buch ins obere Stockwerk hinauf und legte sich in sein ungemachtes und zerwühltes Bett. Er wartete auf den Schlaf, und der Schlaf kam nicht. Alonso hörte, wie die Geschirrspülmaschine unten in die verschiedenen Phasen ihres Waschprogramms wechselte, mit Pausen und Klicken. Er las unterschiedslos Englisch, Spanisch wie Französisch, hauptsächlich Memoiren von hohen Militärs oder Staatsmännern, wie Liddell Hart, Winston Churchill, De Gaulle, oder Militärromane, vor allem Sachen von C. S. Forester. Er hatte auch einige Nummern der scharfen amerikanischen Zeitschrift *Playboy*. Jeden Abend onanierte er dann und wann ohne großen Erfolg. So stand er abends mehrmals wieder auf und irrte durch das Haus, sein Buch in der Hand, sein Mittelfinger steckte als Lesezeichen darin, und manchmal desgleichen sein müdes Glied, das aus dem Hosenschlitz seines Pyjamas heraushing, und er kontrollierte, ob sämtliche Fenster gut verschlossen waren. Sie waren es immer. Und dann gab er dem Bullmastiffweibchen Elizabeth eine Extraportion Fleisch. Georges Gerfaut hat auch Elizabeth getötet.

3

Georges Gerfaut fuhr in seinem Mercedes über die Route Nationale 19, er hatte gerade Vendeuvre hinter sich gelassen und fuhr jetzt, mitten in der Nacht, auf Troyes zu, aus den beiden Lautsprechern kamen Sachen von John Lewis, Gerry Mulligan und Shorty Rogers. Links und rechts baute sich die Finsternis wie eine Mauer auf und zog mit 130 Stundenkilometern an ihm vorbei. Da überholte der Citroën DS.

Er hatte sich kaum angekündigt, nur im letzten Augenblick kurz mit den Scheinwerfern geblinkt, und schon war er in einer unübersichtlichen Kurve an dem Mercedes vorbeigerast, schlingerte ein wenig, als er wieder scharf einscherte, und verschwand so schnell in der nächsten Kurve, daß Gerfaut nicht einmal die Zeit hatte, «so ein Arschloch» zu murmeln.

Zehn Minuten später sah er ihn wieder. Zwischenzeitlich war nichts passiert, außer daß Gerfaut einen alten Peugeot-Lieferwagen mit ungenügender Beleuchtung überholt hatte und selbst wiederum von einem kleinen, knallroten Flitzer, wahrscheinlich einem italienischen, überholt worden war. Sonst nichts. Da erfaßten seine Scheinwerfer plötzlich etwas am Rande der Dunkelheit. Gleichzeitig sah Gerfaut stillstehende Rücklichter auf der Straße; er nahm den Fuß vom Gas; die Rücklichter setzten sich in Bewegung und wurden buchstäblich von der Nacht aufgesogen (doch vielleicht standen sie ursprünglich gar nicht still; eine optische Täuschung vielleicht). Der DS jedenfalls stand still und außerhalb der Fahrbahn, ein Kotflügel im Graben und der andere mit einem Baumstamm verkeilt und völlig zerknautscht, eine Tür war abgerissen, zehn oder zwölf Meter weit geflogen und lag halb auf der Fahrbahn, halb auf dem Gras des Randstreifens, die Scheibe wie zu Staub zersplittert – Gerfaut sah dies alles mit einem Blick, während der Mercedes mit auslaufender Geschwindigkeit an dem Wrack vorbeifuhr, es hinter sich ließ, die herausgerissene Tür hinter sich ließ, der Tachometer des Mercedes zeigte noch 80 an, und Gerfaut war versucht, wieder zu beschleunigen; was ihn davon abhielt war, mehr als der Sinn für Anstand oder ein kategorischer Imperativ, die Vorstellung: da irgendwo im Dunkeln sind bestimmt die Leute aus dem DS und schreiben sich vielleicht dein Kennzeichen auf – unterlassene Hilfeleistung! Gerfaut bremste, nicht abrupt, mit einem gewissen Mangel an Überzeugung, und kam achtzig oder hundert Meter weiter zum Stehen.

Dort hinten verschwanden Rücklichter (der italienische Flitzer? Ein Lancia Beta Berlina 1800?) endgültig in der Nacht. Gerfaut schaute sich ängstlich um, sah hinter sich nichts als Dunkelheit. Der DS war inzwischen ebenfalls von ihr verschlungen worden. Noch immer gequält von der größten Lust, seine Fahrt einfach fortzusetzen, murrte der Mann etwas vor sich hin, während er den Rückwärtsgang einlegte und in leichten Schlangenlinien zum Ort des Unfalls zurückfuhr.

Er stellte den Mercedes auf dem Randstreifen zwischen zwei Bäumen neben der abgerissenen Wagentür ab. Das Kassettengerät spielte *Two Degrees East, Three Degrees West.* Gerfaut schaltete das Gerät aus. Vielleicht würde er scheußlich verstümmelte Leichen entdecken, ein kleines Mädchen mit von Blut klebrigen Zöpfen oder aber Verletzte, die mit beiden Händen ihre Eingeweide hielten, es wäre nicht angebracht, so was mit Musikbegleitung zu machen. Er stieg aus dem Mercedes, seine wasserdichte Stablampe in der Hand, die er sogleich auf die Seite des DS richtete. Zu seiner Erleichterung sah er bloß einen Mann, und der stand aufrecht. Ein kleiner Mann: gekräuseltes blondes Haar, der Ansatz einer Glatze, eine spitze Nase, eine Brille mit Plastikrand. Das rechte Brillenglas war deutlich gesprungen. Der Mann trug einen kurzen, sportlichen Mantel und eine kastanienbraune Breitkordhose. Er blickte Gerfaut mit großen verängstigten Augen an. Er stützte sich gegen die Motorhaube des DS, auf der rechten Seite, und keuchte.

«Ganz ruhig!» meinte Gerfaut. «Wie geht's? Ist Ihnen nichts passiert? Alles klar?»

Der Mann machte eine undeutliche Bewegung, vielleicht schüttelte er den Kopf, fiel beinahe um. Gerfaut trat besorgt näher heran. Sein Blick blieb zufällig an dem feuchten und dunklen Fleck hängen, der sich sehr dezent an der Seite des Mannes auf dem dunklen und flauschigen Stoff seines Mantels abzeichnete.

«Sie sind da an der Seite verletzt», sagte Gerfaut (und sein Verstand beschwor unwillkürlich den Geruch des Blutes und seinen Geschmack herauf, und Gerfaut sagte sich: verdammt, ich kotze gleich).

«Krankenhaus», sagte der Mann, und seine Lippen

bewegten sich noch weiter, doch er schaffte es nicht, noch irgend etwas hinzuzufügen.

An der linken Seite blutete er. Gerfaut packte seinen rechten Arm, legte ihn sich um den Hals, und begann, den Verwundeten zu stützen und Richtung Mercedes zu schleppen. Ein Auto unbekannter Marke fuhr aufheulend mit hohem Tempo vorbei.

«Können Sie gehen?»

Der Verwundete antwortete nicht und ging. Er biß die Zähne zusammen. Schweißtropfen perlten auf seiner kahlen Stirn und über seiner Oberlippe, wo kurze Stoppeln sprossen.

«W'nn die wied'kommen ...» murmelte er.

«Hm? Was?»

Doch der Mann wollte oder konnte nicht weiter sprechen. Sie erreichten den Mercedes. Gerfaut half dem Verletzten, sich an den Wagen zu lehnen, öffnete hinten die rechte Tür. Der Mann klammerte sich an die Lehne des Vordersitzes und zog sich rücklings langsam auf den Rücksitz.

«O Scheiße, Scheiße, ich blute, ich blute», sagte er traurig und verbittert. (Er sprach mit Pariser Akzent.)

«Wird schon wieder. Wird schon wieder.»

Gerfaut schob die Beine des Verletzten ins Innere, schlug die hintere Wagentür zu, stieg schnell vorne ein. Er dachte, daß das Blut das Leder der Sitze verschmutzen werde; oder er dachte gar nichts. Der Mercedes setzte sich in Bewegung. Auf der Fahrt sagte Gerfaut nicht sonderlich viel, und der Verwundete überhaupt nichts.

In weniger als zehn Minuten befanden sie sich in Troyes. Es war 0 Uhr 20. Und kein Flic in Sicht. Gerfaut wandte sich an einen späten Passanten. Man erklärte ihm den Weg zu einem Krankenhaus. Der Passant war betrunken, die Wegbeschreibung konfus, Gerfaut verfuhr sich etwas, verlor Zeit. Hinten im Wagen hatte sich der Verletzte mit Mühe, aber ohne zu klagen, seinen Mantel ausgezogen. Darunter trug er einen schwarzen Rundhalspullover. Er hatte seinen Mantel zweimal zusammengelegt und preßte ihn nun gegen seine Seite, um die Blutung zu verlangsamen. Im selben Augenblick verlor er das Bewußtsein, und sie erreichten das Krankenhaus. Gerfaut hielt abrupt vor der Notaufnahme. Er stürzte aus dem Auto und rannte bis zum Eingang einer schlecht beleuchteten Vorhalle.

«Eine Trage! Eine Trage! Schnell!» brüllte er, lief zum Wagen zurück und riß die hintere Tür auf.

Niemand kam aus dem Krankenhaus. Rechts von der verglasten Vorhalle sah Gerfaut einen großen ebenfalls verglasten Raum mit einer Empfangstheke und zwei Mädchen in weißen Kitteln hinter der Theke sowie vier weitere Personen im Raum, ein Algerier und ein älteres Ehepaar saßen auf Stühlen aus Metallrohr und Plastik, und ein dreißigjähriger Typ mit weißlicher Gesichtsfarbe und schlaffen Wangen, im Anzug, ohne Krawatte, lehnte an der Wand und kaute an seinen Nägeln.

«Also, was ist denn nun, verdammt noch mal?» schrie Gerfaut.

Zwei Krankenpfleger kamen mit einer Rollbahre durch die Halle.

«Wir kommen schon», bemerkten sie.

Sachkundig kümmerten sie sich um den Verletzten, legten ihn auf die Bahre und machten sich schnurstracks durch die Halle und weiter davon. Bevor sie ganz verschwunden waren, drehte sich einer der beiden noch einmal zu Gerfaut um, der ihnen zögernd folgte.

«Der muß noch angemeldet werden», erklärte der Krankenpfleger.

Gerfaut war bereits vier oder fünf Meter weit in der Halle und befand sich vor der offenen Seitentür zur Aufnahme. Das ältere Paar und der Algerier hatten sich nicht bewegt. Der dreißigjährige Typ ohne Krawatte stand nun am Empfangsschalter. Er hatte ein Formular vor sich und einen Kugelschreiber in der Hand und redete wie ein Wasserfall auf eines der Mädchen in Kitteln ein.

«Ich kenne sie nicht», sagte er. «Ich hab sie auf meiner Fußmatte gefunden und hab genau gesehen, daß sie irgendwelche Sachen geschluckt hat, ich konnte sie doch nicht einfach so liegen lassen, also hab ich sie in meinem Wagen hergebracht, aber ich weiß nicht, wer sie ist, ich kenne sie nicht, ich weiß nicht einmal ihren Namen, nur weil die sich unbedingt auf meiner Fußmatte hat umbringen wollen, oder was?»

Schweiß lief ihm über die weiße Stirn.

Gerfaut holte eine Gitane-Filter heraus, machte langsam kehrt, als ob nichts wäre, den Blick wie von ungefähr auf den Boden gerichtet. Er verhielt sich wie ein Typ, der sich Sorgen macht, zerstreut vor die Tür geht, nur mal eben, um einen Sargnagel zu rauchen. War aber gar nicht nötig: Niemand beachtete ihn mehr. Als er draußen war, stieg er wieder in seinen Wagen und fuhr schnell davon. Nach einer Weile platzten ein Assistenzarzt und ein Gendarm ohne Käppi in die Aufnahme und fragten lautstark, wo die Person sei, die den Angeschossenen hergebracht habe.

4

«Das ist idiotisch, das ist der reinste Witz», sagte Béa.

Béa: Béatrice Gerfaut, geborene Changarnier, katholischer und protestantischer, Bordeauxscher und Elsässer, bürgerlicher und bürgerlicher Herkunft, übte den Beruf einer freien Pressesprecherin aus, nachdem sie zuvor an der Universität von Vincennes audiovisuelle Techniken gelehrt und in Sèvres einen Reformkostladen geführt hatte; eine Frau wie eine Stute, strahlend schön und furchterregend, der Körperbau anmutig und groß, die Augen groß und grün, die langen schwarzen Haare dicht und kräftig, große und feste weiße Brüste, breite und weiße runde Schultern, großer und fester weißer Hintern, ein großer fester weißer Bauch, lange muskulöse Schenkel. Im Augenblick stand Béa mitten im Wohnzimmer, in einem Hausanzug aus seegrüner Seide mit bis zu den Ellbogen reichenden Trompetenärmeln, die nackten Füße unter den weit ausgestellten Hosenbeinen fest auf dem pflaumenblauen Teppichboden, und als sie begann, im Raum auf und ab zu gehen, begleiteten sie zarte *Jicky*-Duftwolken.

«Du bist einfach so abgehauen, ohne jemandem etwas zu sagen?» fragte sie. «Du hast deinen Namen nicht angegeben, du kennst den von dem Typen gar nicht? Du hast nicht mal gesagt, wo du ihn gefunden hast. Ist dir das eigentlich klar?»

«Ich weiß nicht», erwiderte Gerfaut. «Auf einmal hatte ich die Schnauze voll, fand alles zum Kotzen, das hab ich ab und zu.»

Er saß auf dem mit Riemen verzierten Sofa aus Leder und Leinen. Er war erst seit ein paar Minuten hier. Er hatte seine Jacke und Krawatte abgelegt, die Schuhe aufgeschnürt. In Hose und Hemd, mit offenem Kragen und offenen Schuhen ließ er sich nun träge nach hinten in das Sofa sinken, einen mit Eiswürfeln vollgestopften und in Perrier ertränkten *Cutty Stark* in bedenklichem Gleichgewicht auf seinem linken Knie, eine Gitane-Filter im Mundwinkel, Schweißflecken unter den Armen. Leicht perplex wie er war, hatte er Lust, laut loszulachen.

«Schnauze voll!» sagte Béa. «Zum Kotzen?»

«Na ja, ich hatte einfach Lust, abzuhauen.»

«Was für ein Bauernstoffel!»

«Das», meinte Gerfaut, «ist jetzt wirklich unangebracht.»

«Absolut nicht. Was müssen die denn gedacht haben? Da tanzt du mit einem verletzten Unfallopfer an und ergreifst dann die Flucht. Sag mir doch mal, was die jetzt denken.»

«Ach, der wird's ihnen schon erklären. Und außerdem ist mir das scheißegal.»

«Und wenn der nicht weiß, was ihm passiert ist? Und wenn er unter Schock steht? Und wenn er tot ist?»

«Schrei nicht so, du weckst die Kleinen noch auf.» (Es war schon nach vier Uhr morgens.)

«Ich schreie nicht!»

«Gut, dann sprich nicht in so einem offensiven Ton.»

«Du meinst wohl aggressiven!»

«Ich mein offensiven!»

«Jetzt bist du's, der schreit. Hahaha!!!» sagte Béa.

Gerfaut ergriff sein Glas und zwang sich, es langsam zu leeren, ohne Atem zu holen, die Gitane-Filter senkrecht zwischen Daumen und Zeigefinger mit dem Filter nach unten, wegen der langen Asche, die herunterzufallen drohte, und weil er keinen Aschenbecher zur Hand hatte.

«Ach, hör zu», sagte er, nachdem er ausgetrunken hatte, «wir werden morgen darüber nachdenken. Ich hab niemanden umgebracht, ich hab getan, was nötig war, und außerdem ist es doch wohl das Wahrscheinlichste, daß wir nie mehr was von der ganzen Sache hören.»

«Aber, mein Gott!»

«Béa, bitte. Morgen.»

Seine Frau schien kurz davor, zu explodieren oder vielleicht zu lachen, denn allem Anschein zum Trotz war sie keineswegs das, was man eine Nervensäge oder einen Hausdrachen nennt, sie war meistens fröhlich und liebenswürdig. Schließlich wandte sie sich schweigend ab und verschwand in die Küche. Die Asche der Gitane-Filter fiel auf den Teppichboden. Gerfaut stand auf, zertrat sie mit dem Fuß, verwischte, verrieb und verteilte den Schandfleck gleichmäßig, ging dann in die Zimmerecke, um die *Sanyo*-Anlage einzuschalten und gedämpft etwas von Shelly Manne mit Conte Candoli und Bill Russo abzuspielen. Auf dem Rückweg drückte er seine Zigarette in einem Alabasteraschenbecher aus, den er mit zum Sofa nahm, auf das er sich wieder setzte und eine weitere Gitane-Filter mit seinem Einwegfeuerzeug anzündete. Die quadrophonischen Boxen verbreiteten leise die sanfte Musik. Gerfaut rauchte und sah sich im Wohnzimmer um, in dem zur Zeit nur ein Teil des Beleuchtungssystems, das dezenteste, Licht spendete. So daß ein elegantes Halbdunkel die zum Sofa passenden Stühle umflutete, wie auch den Kaffeetisch und die Plastikwürfel in gebrochenem Weiß, auf denen ein Zigarettenkästchen stand, eine pilzförmige Lampe aus zinnoberrotem Plastik, die neusten Nummern von *L'Express, Le Point, Le Nouvel Observateur, Le Monde,** dem *Playboy* in amerikanischer Ausgabe, *L'Echo des Savanes** und andere Publikationen; wie auch die Plattenständer, in denen Schallplatten mit symphonischer Musik und Opern und *West-Coast*-Jazz in einem Wert von vier- oder fünftausend Franc zu finden waren; wie auch die in die Wand eingelassenen Teakholzregale, auf denen Hunderte von Büchern standen, das heißt beinahe alle der besten von der Menschheit hervorgebrachten Schriften und auch Scheiße.

Béa kam mit zwei Cutty Sark und einem sanft ironischen Lächeln aus der Küche zurück. Sie setzte sich neben ihren Mann, reichte ihm ein Glas und schob ihre nackten Füße unter ihren Hintern. Dann rollte sie sich eine Haarlocke um den Zeigefinger.

«Gut, einverstanden», sagte sie, «reden wir nicht mehr davon. Wir werden ja sehen… Wie war die Reise sonst? Alles gut verlaufen? Hat alles geklappt?»

Gerfaut nickte zufrieden und berichtete einige Details über die Art und Weise, wie er ein Geschäft glücklich abgeschlossen hatte, so daß er nun eine Provision über fünfzehntausend Franc einstreichen werde, zusätzlich zu seinem Monatsgehalt, das mehr als die Hälfte dieser Summe ausmachte. Er begann zu erzählen, wie sich die Frau des ortsansässigen Vertreters während eines Mittagessens grauenhaft betrunken hatte und was danach geschehen war. Doch mit einemmal zeigte sich, daß ihm das doch nicht so lustig vorkam, und er beendete abrupt seine Schilderung.

«Und du?» fragte er. «Wie ist's bei dir so gelaufen?»

«Gut. Das Übliche. Morgen machen wir die beiden letzten Vorführungen von dem Feldman. Letzten Endes wird ihn Karmitz* für uns herausbringen. Aber hör mal, du stinkst nach Schweiß.»

«Na ja», sagte er, «das bin ich eben. Im allgemein gattungsmäßigen Sinn. Ein nach Schweiß stinkender Malocher.»

«Ach, sei still.» (Béa setzte den Fuß wieder auf den Teppichboden und drückte, sich reckend, das Kreuz durch, was ihre hübsche Figur und ihren harmonisch geschmeidig-festen Körper zur Geltung brachte). «Sei still», wiederholte sie. «Trink deinen Scotch aus. Geh dich duschen. Und dann komm bumsen.»

Gerfaut schwieg, leerte seinen Whisky, ging sich duschen, kam zurück und bumste. Zwischenzeitlich jedoch stieß er sich die Schulter am Rahmen der Badezimmertür, in der Wanne rutschte er beim Duschen aus und wäre fast hingefallen und hätte sich den Hals gebrochen, ließ zweimal seine Zahnbürste ins Waschbecken fallen und hätte um ein Haar noch seinen Habit-Rouge-Deodorantzerstäuber kaputtgemacht. Eins von beiden: Entweder er war nach zwei Gläsern betrunken, oder was sonst?

5

Der Mordversuch an der Person Gerfauts fand nicht gleich statt, aber dennoch sehr bald: drei Tage später.

Am Tag nach seiner nächtlichen Rückkehr wachte Gerfaut um die Mittagszeit auf. Die Mädchen waren in der Schule und würden erst am späten Nachmittag nach Hause kommen, da sie in einer Ganztagsschule waren. Béa war gegen zehn Uhr weggegangen und hatte eine Nachricht auf dem Kopfkissen hinterlassen. Sie war imstande, nur vier oder fünf Stunden zu schlafen und den ganzen Tag über frisch und erfolgreich zu sein. Sie war auch imstande, dreißig Stunden am Stück zu schlafen, wie ein Kind. Die Nachricht lautete: «*9 Uhr 45 – Tee* in the Thermos – *kalter Braten im Kühlschrank – habe Maria bezahlt – komme im Laufe des Nachmittags nach Hause (Koffer), aber zweite Vorführung um 18 Uhr im Antégor* – si le gusta *und wenn du kannst* – LOVE» (die Tinte war violett, und die Schrift gekonnt schlampig, Béa hatte einen Filzstift benutzt).

Gerfaut ging ins Wohnzimmer, wo er die Thermoskanne mit Tee sowie Zwieback, Butter und die Post auf dem Kaffeetisch fand. Er trank Tee, aß zwei Zwiebacke mit Butter und öffnete die Post. Mehrere Abonnementangebote für Wirtschaftszeitschriften und Wirtschaftsinformationsbriefe waren darunter; ein Freund, von dem Gerfaut seit zwei Jahren keine Nachrichten mehr erhalten hatte, schrieb aus Australien, sein Eheleben sei unerträglich geworden, und fragte Gerfaut, ob er sich denn scheiden lassen solle, «was meinst du?»; auf einer grünen Karte teilte Gerfauts Schachpartner ihm seinen zweiten Zug für den laufenden Monat mit. Gerfaut notierte ihn in seinem Notizheft und sagte sich, daß er im Augenblick keine Zeit hätte, darüber nachzudenken, wegen der Abreise in die Ferien und so, deshalb antwortete er seinem Partner auch sofort und mechanisch, nämlich mit einer Rochade, so wie es Harston gegen Larsen in derselben Stellung im Jahre 1974 beim Turnier von Las Palmas getan hatte. In dem für «sonstige Mitteilungen» vorgesehenen Bereich der grünen Karte gab er die Adresse an, die er im gesamten nächsten Monat über in Saint-Georges-de-Didonne* haben würde.

Rasiert, geduscht, gekämmt, deodoriert und angekleidet betrachtete er sich gegen 14 Uhr im Dielenspiegel. Ein schönes blasses und ovales Gesicht, blonde Haare, Nase und Kinn energisch, doch die Augen wässrig blau, der Blick ein wenig verschwommen, ein bißchen weichlich, ein bißchen erstaunt und ausweichend. Ein bißchen klein gewachsen. Letzten Sommer hatte Béa, ihre Pantinen mit gigantischen Absätzen an den Füßen, ihn um mehrere Zentimeter überragt. Proportionen, Schulterbreite und Muskeln nur einigermaßen annehmbar, durch eine mehr oder minder tägliche Gymnastik in Form gehalten. Zur Zeit nicht allzu viel Bauch, aber doch eine gewisse Gefahr in dieser Hinsicht. Das Ganze wurde zusammengehalten von einem Slip der Marke

Mariner, einem schieferblauen Jerseyanzug auf einem schieferblau-weiß gestreiften Hemd mit uniweißem Kragen, pflaumenblauer Krawatte; dünnen Baumwollsokken; pflaumenblaue englische Schuhe mit zahlreichen sichtbaren Nähten, oder vielleicht nennt man so was auch Ziernähte.

Der Fahrstuhl brachte Gerfaut direkt zu seinem Mercedes in die Tiefgarage des Hauses. Er startete, verließ das Parkgeschoß, kurvte zum Gare d'Austerlitz, überquerte die Seine. Das Kassettengerät spielte ein Stück von Tal Farlow. Nach circa zwanzig Minuten erreichte er den Verwaltungssitz seiner Firma, einer Tochtergesellschaft von ITT, ganz in der Nähe des Boulevard des Italiens. Dort fuhr er den Mercedes in die Tiefgarage der Firma. Der Fahrstuhl brachte ihn zunächst ins Erdgeschoß, wo er die grüne Karte neufrankiert und rückadressiert an seinen Partner, einen pensionierten Mathematikstudienrat aus Bordeaux, in den Postkasten steckte. Die Empfangshalle im Erdgeschoß war voller schwadronierender Malocher. Gerfaut stieg erneut in den Aufzug und fuhr hinauf in den zweiten Stock. Die Halle im zweiten Geschoß war ebenfalls voller schwadronierender und aufgeregter Malocher. Eine Grünpflanze kippte langsam um, als sich Gerfaut aus dem Fahrstuhl zwängte. Ein Gewerkschaftssekretär der kommunistischen CGT* stand auf den Stufen, die zur dritten Etage führten. Er trug ein kariertes Hemd und eine königsblaue Leinenhose.

«Pardon, Verzeihung, entschuldigen Sie», murmelte Gerfaut, während er sich einen Weg bahnte.

«Wenn Monsieur Charançon Angst hat herauszukommen», schrie der Gewerkschaftssekretär gerade, «dann werden wir ihn eben am Arsch rauszerren.»

Die Besetzer der Halle brachten lauthals ihre Zustimmung zum Ausdruck. Gerfaut befreite sich aus dem Gewühl, bog in einen Flur mit PVC-Fußbodenbelag ein, erreichte die Tür und trat in sein Büro. Im Vorzimmer lackierte sich Mademoiselle Truong ihre Fingernägel scharlachrot.

«Wie machen Sie das bloß?» fragte Gerfaut. «Mit solchen Nägeln. Ich meine, Sie tippen doch sehr viel. Brechen Sie sich die nie ab?»

«Ab und zu schon. Bonjour, Monsieur. Hatten Sie eine gute Reise?»

«Danke, ausgezeichnet.» (Gerfaut wollte in sein eigentliches Büro gehen.)

«Roland Desroziers sitzt da drin!» rief Mademoiselle Truong. «Ich konnte mich doch nicht mit ihm prügeln!»

«Niemand verlangt von Ihnen, sich zu prügeln», erwiderte Gerfaut, betrat sein Büro und schloß die Tür. «Salut, Roland», sagte er.

«Salut, du korrupter Mistkerl», entgegnete Desroziers, ein militanter Umweltaktivist und Gewerkschaftssekretär der linkssozialistischen CFDT*, der Jeans und einen schwarzen Pulli trug, und mit dem Gerfaut, Anfang der sechziger Jahre, in der Föderation Seine-Banlieue* der sozialistischen PSU*, genauer gesagt in der Fraktion *socialiste révolutionnaire*, aktiv gewesen war. «Die palavern und palavern», fuhr er fort. «Ich bin hier rein, um ein Gläschen zu trinken.» (Und in der Tat hatte Desroziers die Flasche Cutty Sark hervorgeholt und war gerade im Begriff, sich einen gehörigen Schluck in einen Pappbecher einzuschütten.) «Du erlaubst doch, daß ich deinen Whisky trinke, oder?»

«Aber ja, natürlich», meinte Gerfaut lachend und schaute diskret in die Flasche und in den Becher, um nachzusehen, ob Desroziers sich viel davon genommen hatte. «Die palavern», fügte er hinzu, «aber der stalinistische Bürokrat redet davon, den Direktor am Arsch rauszuzerren, das sind seine eigenen Worte, du wirst noch abgehängt, wenn du weiter hier rumhockst und den Schnaps der Reichen trinkst.»

«Scheiße», sagte Desroziers und steckte dabei seine Nase in den Becher, den er hastig leerte und hustend wieder abstellte. «Ich hau ab.»

«Legt Feuer, zerstört die Computer und hängt Charançon auf», schlug Gerfaut müde vor, während er sich hinter seinen Schreibtisch setzte und nach der Flasche griff, um sie wegzuräumen. «Alle Macht den Arbeiterräten», ergänzte er bitter, doch der sozialistische Gewerkschafter hatte sich bereits verdrückt.

Im Laufe des Nachmittags erledigte Gerfaut die anstehenden Angelegenheiten, empfing die Verkäufer, denen er seine Instruktionen erteilte, hatte eine lange Unterredung mit seinem direkten Untergebenen, der ihn während des ganzen Julis vertreten sollte und der darauf hoffte, mittels Intrigen, Unterwürfigkeit und Heimtücke ihn bald vollends und endgültig zu ersetzen. Außerdem wurde Gerfaut von Charançon empfangen, der sich gerade unter größten Mühen dem Aufruhr der Arbeiter entzogen hatte. Seine Stirn war noch purpurrot gefärbt, er trug ein winziges Abzeichen des *Lions Club de France* im Knopfloch und Cardin-Hosenträger unter seinem grauen Anzug. An der Wand hinter Charançon hing ein Plakat unter Glas, auf dem hübsch gemalte rosa Blumen und die Aufschrift *«Home, Sweet Home»* in großen, schwülstig geschwungenen blaßrosa Lettern zu sehen waren. Über die Blumen und die rosafarbene Schrift gedruckt, konnte man einen Text in kleinen schwarzen Buchstaben lesen, dessen Verfasser Harold S. Geneen war, der Chef von ITT, und der folgendermaßen lautete: *«Fast überall auf der ganzen Welt werden pro Jahr mehr als 200 Arbeitstage Direktionstreffen auf den verschiedenen Organisationsebenen gewidmet. Und im Verlaufe genau dieser Zusammenkünfte in New York, Brüssel, Hongkong, Buenos Aires werden Beschlüsse gefaßt, die auf Logik beruhen, jener Logik der Geschäftswelt, die in gewissermaßen zwingende Entscheidungen mündet, weil wir über sämtliche fundamentalen Elemente verfügen, die für unsere Beschlüsse vonnöten sind. Ebenso wie unsere Planung, haben unsere regelmäßigen Sitzungen zur Aufgabe, klar und deutlich die Logik der Dinge herauszuarbeiten und sie in aller Öffentlichkeit darzustellen, um ihren Wert und ihre Notwendigkeit allen vor Augen zu führen. Solcherlei Logik entzieht sich allen Gesetzen und allen staatlichen Verordnungen. Sie geht aus einem natürlichen Prozeß hervor.»* Es ist unmöglich zu sagen, ob das Vorhandensein dieses Plakats von klammheimlichem Humor oder aber vom letzten Stadium der Verdinglichung Charançons zeugt. Charançon gratulierte Gerfaut zu dem glücklichen Abschluß der Verhandlungen vom Vortag und dem Tag davor, und man kam darin überein, daß seine Prämie noch im Juli auf sein Bankkonto überwiesen werden würde. Charançon schenkte zwei Glenlivet ein.

«Danke», sagte Gerfaut, während er den Glenlivet nahm, den Charançon ihm reichte.

«Die sind vollkommen irrsinnig», bemerkte Charançon. «Erinnerst du dich an 68, da haben die noch bis Mitte Juli gestreikt, die wußten gar nicht, was sie wollten, erinnerst du dich?»

«Wenn sie's erst wissen», erwiderte Gerfaut, «werden

Sie und ich anfangen müssen zu arbeiten oder aber unsere Koffer zu packen.» (Er trank einen Schluck Glenlivet.) «Die wollen den Sturz des Kapitalismus», meinte er.

«Genau, mein Lieber», pflichtete Charançon zerstreut bei.

Wieder zurück in seinem Büro mußte Gerfaut beim Aufräumen abermals die erotischen Provokationen von Mademoiselle Truong über sich ergehen lassen, die ständig durch das Zimmer stöckelte, irgendwelche Gegenstände umstellte und sich dabei nach Leibeskräften vorbeugte, Staub aufwirbelte und ins Auge bekam, sich auf die Zehenspitzen stellte, Schenkel und Hintern und Brüste und Arme gedehnt und gestreckt, unter dem Vorwand, den Air-France-Kalender, die Planungstafeln, die Passepartouts usw. wieder zurechtzurücken. Und dennoch, Gerfaut war sich sicher, hätte er ihr an den Hintern gelangt, sie hätte zu brüllen angefangen, einen Mordsskandal veranstaltet, die Wangen des Mannes mit ihren grausam scharfen knallroten Nägeln zerkratzt. Gerfaut schickte sie nach unten, den *France-Soir* zu holen (Béa übernahm es, *Le Monde* mit nach Hause zu bringen). Man sollte beim Pferdetoto auf die drei, die sieben und die zwölf setzen. Panzer und Luftwaffe waren gegen sechstausend aufständische bolivianische Bauern vorgegangen. Ein Eskimo war bei dem Versuch, eine Boeing 747 nach Nordkorea zu entführen, niedergeschossen worden. Und ein bretonischer Fischkutter mit elf Mann Besatzung war verschwunden. Eine Hundertjährige war gerade hundert geworden und erklärte ihre Absicht, links zu wählen. Die Regierung bereitete eine Reihe harter Maßnahmen vor. Außerirdische hatten einen Hund entführt, vor den Augen des Besitzers, eines Schrankenwärters im Département Bas-Rhin. In Nachahmung der jüngsten Mode der *Westcoast* – der Westküste – der Vereinigten Staaten, hatte ein Paar versucht, sich in aller Öffentlichkeit an einem französischen Mittelmeerstrand zu paaren und war von der Gendarmerie daran gehindert und in Gewahrsam genommen worden. Gerfaut warf einen Blick auf die Comics und schmiß die Zeitung in den Papierkorb.

«Ich geh dann», sagte Mademoiselle Truong.

«Bis morgen.»

«Wie, bis morgen?»

«Ach ja, Verzeihung. Also, dann sehen wir uns am ersten August wieder. Schöne Ferien.»

«Ihnen auch, Monsieur.»

Sie ging. Gerfaut ging ein bißchen später. Es war kurz vor sieben Uhr abends, zu spät, um sich noch mit Béa bei der Vorführung des Feldman zu treffen, den zu sehen Gerfaut sowieso keine Lust hatte. Er hätte das Büro schon zwei Stunden früher verlassen können, wollte aber zeigen, daß er selbst am letzten Tag vor den Ferien schwer gearbeitet und mehr getan hatte, als seine Pflicht war.

Nach fünfundvierzig Minuten äußerst langsamen Vorankommens durch die Verkehrsstaus, wobei das Kassettengerät Lee Konitz mit Lennie Tristano spielte, parkte Gerfaut seinen Mercedes in der Tiefgarage seines Wohnhauses im 13. Arrondissement und fuhr hinauf in seine Wohnung. Die Mädchen waren da und schauten sich die Regionalnachrichten an. (Sie schauten sich egal was an, Hauptsache, es war auf einer Leinwand oder einem Bildschirm; sie machten keinen Unterschied zwischen Regionalnachrichten und, sagen wir mal, *Die Sage von Anatahan*.) Ihr Gepäck und das von Béa war bereits zu neunzig Prozent fertig gepackt. Gerfaut duschte sich, zog sich um, packte seine eigenen Sachen mit dem Gefühl, alle wichtigen Dinge zu vergessen, dann setzte er den Mädchen kalten Braten mit Heinz-Salatsoße und bulgarische Joghurts vor. Danach schickte er sie schlafen und schaltete den Fernseher ab, während ihn die beiden wüst und ernsthaft beschimpften. Dann kam Béa gut gelaunt nach Hause. Als sie beide in der Küche kalten Braten mit Salatsoße aßen, erzählte sie ihm, Maria habe sie am Morgen angefleht, ihr während des Urlaubs den Schlüssel der Wohnung zu überlassen. Angeblich hätte sie mit ihrem Berber Schluß gemacht, der sie nun umzubringen versuche. Der, der sie auf den Strich schicken wollte, fragte Gerfaut. Und Béa meinte, das sei wohl ein Witz, und wischte sich den Mundwinkel mit ihrer Papierserviette ab. Maria gehe es doch nur darum, ihn hierher zu schleppen, die Bar leerzutrinken und zu vögeln. Trotzdem, wandte Gerfaut ein, wenn er sie tatsächlich verfolge, die arme Kleine. Die arme Kleine, die arme Kleine, die ist schon in der Lage, sich zu wehren, versicherte Béa bestimmt.

Nach dem Abendessen warfen sie die Pappteller in den Müllschlucker, wuschen das restliche Geschirr ab, das sie einfach abtropfen ließen, machten das Gepäck fertig, putzten sich die Zähne, legten sich ins Bett, lasen ein paar Seiten, sie in dem letzten Werk von Edgar Morin*, er in einem alten John D. McDonald, und schliefen. Gerfaut wachte kurz nach zwei Uhr morgens auf und litt auch gleich wieder unter einer so unerklärlichen wie erschreckenden Schlaflosigkeit. Er stand auf und schluckte eine halbe Schlaftablette mit ein bißchen Milch. Und schlief problemlos gegen drei Uhr wieder ein. Am nächsten Tag standen alle frühzeitig auf und fuhren in Urlaub. Da Gerfaut so vorausschauend gewesen war, schon ab dem 29. Juni freizumachen, war der Verkehr flüssig. Dank dieses Umstands und der Autobahnen benötigten sie, Mittagessen eingeschlossen und ohne Geschwindigkeitsübertretung, weniger als sieben Stunden, um ihr Ziel zu erreichen. Am Abend des 29. Juni schliefen sie also in Saint-Georges-de-Didonne. Und am Tag darauf versuchte man, Georges Gerfaut umzubringen.

6

Einer der Männer, die Georges Gerfaut am 30. Juni umzubringen versuchten, saß in dem Lancia Beta Berlina 1800, der um 11 Uhr 50 des 29. Juni fünfzig Meter von Gerfauts Hauseingang entfernt parkte. Hinten im Wagen lagen zwei Leichtmetallkisten. In der einen waren Kleidung, Toilettensachen, ein Science-Fiction-Roman in italienischer Sprache, drei äußerst spitze und scharfe Metzgermesser, ein Wetzstahl, eine dreiadrige Würgeschlinge aus Klaviersaiten mit Aluminiumgriffen, ein mit Blei gefüllter Ledertotschläger, ein Revolver Smith & Wesson, Modell 1950, Kaliber .45, eine Halbautomatik Beretta 70T und deren Schalldämpfer. In der anderen Kiste lagen Kleidung, Toilettensachen, sechs Meter dünne Nylonschnur und eine Halbautomatik SIG P 210-5 für Sportschützen mit 9 mm-Lauf. In einer Leinentasche auf der hinteren Ablage des Wagens befanden sich ein Hochleistungsfernglas und ein M 6 mit übereinanderliegenden Läufen und Klappkolben, wie es die US Air Force verwendet, ein Lauf im Kaliber .22 und der andere, glatte, als .410er. Soll man ein solches Arsenal als beeindruckend oder als grotesk betrachten? Im Kofferraum des Lancia lagen in schweren Holzkisten verschiedene Sorten Munition. Der Mann im Auto saß am Steuer, drückte das Kinn auf die Brust, seinen Rücken in die Sitzlehne und ein monatlich erscheinendes Comic-Heft gegen das mit Leder bezogene Lenkrad. Das Heft trug den Titel *Strange* und erzählte die Abenteuer von Captain Marvel, dem furchtlosen Daredevil, von Spider und von anderen Leuten. Der Mann las konzentriert und bewegte die Lippen dabei. Auf seinem Gesicht ließ sich eine Reihe von Gefühlen ablesen. Er ging unheimlich mit.

Nach einer Weile trat der andere Typ, derjenige mit dem gewellten schwarzen Haar und den sehr schönen, blauen Augen aus Georges Gerfauts Haus, kam zum Lancia zurück und ließ sich neben seinem Partner nieder. Dieser räumte *Strange* in das Seitenfach der Tür und blähte stutzig die Nasenlöcher.

«Es riecht nach Fett», bemerkte er.

«Heißes Öl, heißes Öl», meinte der andere. «Die Hausmeisterin hat gerade Fritten gemacht. Georges Gerfaut ist für einen Monat in Urlaub gefahren. Ich hab die Adresse. Es ist in Saint-Georges-de-Didonne im 17. Département.»

Die Killer schauten zunächst im braunen Taschenkalender des Dunkelhaarigen nach, um zu erfahren, welches Département die Nummer 17 hatte, und entdeckten, daß es die Charente-Maritime war. Dann nahmen sie einen Autoatlas der Hauptverkehrsstraßen Frankreichs, der mit einem Gummiband an der rechten Sonnenblende befestigt war, zur Hand und schlugen nach, machten Saint-Georges-de-Didonne ausfindig und legten ihre Route fest.

«Ich geb Gas», sagte der Mann mit den fahlen Strähnen. «Wir können heute abend dort sein.»

«Von wegen, Scheiße, ja», erwiderte der Dunkelhaarige grollend. «Der kann warten. Wir machen erst mal ein tolles Freßgelage. Und dann machen wir einen auf Tourismus. Scheiße, ist doch wahr, oder?»

«Der Monsieur Taylor hat ‹schnell› gesagt, Carlo.»

«Taylor... was hat der schon zu sagen», sagte Carlo. «Der hat gar nichts zu sagen, der Taylor. Der ist in seinen Turnschuhen mit sich und der Welt zufrieden, der Taylor.»

Der Mann mit dem fahlen Haar blähte nervös die Nasenlöcher.

«Ganz ehrlich, Carlo, du stinkst nach Fett und heißem Öl.»

«Du kannst wirklich nerven!» rief Carlo aus.

Er drehte sich zum Rücksitz um, öffnete eine der Metallkisten, holte einen Toilettenbeutel heraus, aus dem er einen Flakon Gibbs-Aftershave hervorzog. Er ließ etwas von der Lotion in die Handfläche tröpfeln und klopfte es sich auf die Wangen und unter die Arme. Danach räumte er seinen Kram wieder weg.

«Wenn wir es nicht eilig haben», meinte der Mann mit den fahlen Strähnen, «können wir unterwegs in Le Lude halten. Le Lude ist hübsch. Da gibt's ein hübsches Schloß.»

«Wenn du willst, einverstanden», sagte Carlo. «Fährst du jetzt los, ja oder nein, verdammte Scheiße? Wir wollen doch nicht ewig hier bleiben.»

7

Als sie Gerfaut in der Küche hantieren und leise fluchen hörten, kamen die Mädchen herunter. Gerfaut verzichtete darauf zu schimpfen, obwohl es seiner Ansicht nach noch zu früh zum Aufstehen war.

Die Mädchen waren schon angezogen. Gerfaut stöberte kurze Jeanshosen und ein Lacoste-Hemd auf, und sie fuhren zu dritt im Mercedes los, die Küstenstraße entlang. Es war schon sehr heiß. Aber der Strand war noch völlig verwaist. Eine aus Brettern gezimmerte Snackbar machte keine Anstalten, bald zu öffnen. Der Mercedes bog nach rechts ab, fuhr an einem Vergnügungspark, auf dem sich nichts bewegte, und an einem Friedhof vorbei, bog nach links ab und parkte schließlich in einer engen Gasse bei einem Antiquitätenhändler, der auch Kriminalromane, lackierte Muscheln sowie aus dem Italienischen übersetzte Comics verkaufte. Gerfaut und die Mädchen fanden eine offene Bar und ließen sich auf Stühlen aus Lochplastik in den Farben Rot, Gelb und Pastellblau nieder. Sie tranken aus Schalen grauen *Café crème*, in dem ein paar Körnchen Kaffeesatz schwammen, und aßen Buttercroissants, die sie in der nahen Bäckerei gekauft hatten. Dann fuhren sie zurück. Wind war aufgekommen, Sand wirbelte über die Küstenstraße, kleine in Holztrögen gepflanzte Bäume schwankten wie fleischfressende Pflanzen hin und her. Der Milchkaffee bildete unter Gerfauts Brustbein eine ölige Kugel.

Er ließ den Wagen draußen stehen. Im Wohnraum, dessen Rolläden hochgezogen und Fenster geöffnet waren, tunkte Béa, bekleidet mit einem riesigen weißen Morgenmantel, gerade einen Triscotte-Zwieback in ihren Tee *special for breakfast* von Fortnum & Mason. Sie wischte sich einen Krümel aus dem Mundwinkel.

«Wo seid ihr bloß gewesen? Was ist in euch gefahren? Habt ihr euch das Meer angeschaut?»

«Wir haben gefrühstückt! Wir haben gefrühstückt!» riefen die Mädchen und polterten mit viel Getöse aus dem Raum und die Treppe hoch.

Gerfaut setzte sich an den Tisch.

«Gefällt dir das Haus?» fragte Béa.

«Verflucht noch mal», sagte Gerfaut. «Warum gehen wir nicht in ein gutes Hotel? In Nordafrika, auf den Kanaren, verflucht...» (Hör auf, hör auf zu fluchen, schimpfte Béa gerade.) «Ganz egal wo, aber an einem Ort, wo es nicht morgens um halb sechs hell wird im Zimmer, wo man nicht die Hunde bellen, die Hähne krähen und all diese grauenhaften Geräusche hört. Kannst du mir sagen, warum? Wir können uns ein sehr gutes Hotel leisten, also, warum?»

«Du weißt, warum, da ist jede Diskussion zwecklos, du willst mich doch sowieso nur niedermachen.»

«Ich will dich niedermachen? Meine Güte!»

«Das würdest du gern, aber das laß ich nicht mit

mir machen, also ist jede Diskussion zwecklos, du kannst ja nach Paris zurückfahren, wenn es dir hier nicht gefällt.»

«Wenn es mir hier nicht gefällt! Meine Güte!» wiederholte Gerfaut und ließ seinen Blick dabei über das modrige Ledersofa, die Sessel in demselben Zustand, die beiden Buffets im Stil Henri II., die beiden sehr schweren Tische mit geschnitzten Beinen, die zehn Stühle (zwei Buffets, zwei Tische, zehn Stühle, um Himmels willen!) und über die Tür zum Klo schweifen, die direkt vom Wohnraum abging und geschmückt war mit dem Abbild eines kleinen Jungen in kurzen Hosen und heruntergerutschten Strümpfen, mit verstrubbeltem blondem Haar, schalkhaft funkelnden blauen Augen und roten Pausbacken, der spitzbübisch seinen Kopf dem Betrachter zuwandte, während er gegen einen Gaslaterne von Montmarte pißte.

Béa täuschte sich in Gerfauts verträumtem Gesichtsausdruck, glaubte, er hätte sich beruhigt, und legte ihm die Hand auf den Unterarm. Sie sagte zu ihm, er sei nur müde von der Reise und habe schlecht geschlafen, und daß sie ihn verstehe. Und was das Haus betreffe, so sei es gewiß grauenhaft, doch man sei ja nicht an die Küste gekommen, um im Haus eingesperrt zu bleiben. Und außerdem werde man es ein bißchen herrichten, den scheußlichen Farbdruck abhängen, einen der Tische auf den Speicher schaffen (Verdammt noch mal! schimpfte Gerfaut, bist du dir eigentlich im klaren, wie schwer diese Dinger sind?), und die Schlafzimmer seien ja nicht schlecht und der Garten wirklich toll.

«Jedes Jahr find ich's schlimmer», wandte Gerfaut ein. «Dabei ist es das gar nicht.»

«Jedes Jahr beschließt du, daß wir nie wieder hierherkommen», sagte Béa bestimmt. «Und du weigerst dich, dir andere Häuser anzusehen. Und jedesmal, wenn die Entscheidung ansteht, also in der allerletzten Minute, entscheiden wir gemeinsam, daß wir das Jahr davor doch gar nicht so schlecht aufgehoben waren. Wir haben nur nie genügend Zeit, herzukommen, und meine Mutter sucht etwas aus, und außerdem haben wir keine Wahl mehr.»

«Dieses Jahr hatten wir noch eine Wahl», sagte Gerfaut, «da bin ich sicher.» (Er stand vom Tisch auf und begann irgend etwas über die Inflation zu brabbeln und über die Deflation und über den Aufschwung und die Arbeitslosigkeit, und daß die Leute blank und unflexibel seien, sie verreisten im August, sie verreisten nur für einen Monat, und Gerfaut war sicher, daß man für Juli noch hätte aussuchen können, was man wollte.)

«Hör zu», sagte Béa, «die Sache ist erledigt und abgehakt.»

«Deine Mutter ist eine blöde Kuh.»

«Meine Mutter ist eine blöde Kuh», pflichtete sie ihm mit entwaffnendem Gleichmut bei. «Wir essen heute bei ihr zu Mittag, und du wirst mir den Gefallen tun, rasiert und höflich zu sein.»

Gerfaut brach in lautes Gelächter aus. Er ließ sich auf seinen Stuhl fallen und lachte ziemlich lange, mal warf er den Kopf nach hinten, mal schüttelte er ihn, und schlug sich dabei auf die Schenkel. Béa aß in Ruhe ihren Triscotte. Gerfaut hörte auf zu lachen und wischte sich die Augen.

«Demnächst werd ich ganz plötzlich verrückt», sagte er, «und du wirst es nicht einmal bemerken.»

«Falls da ein Unterschied besteht, werd ich's schon merken.»

«Wie witzig», entgegnete Gerfaut traurig. «Wie witzig. Wie witzig. Wie witzig.»

Er stand auf und ging sich rasieren. Als er das Handtuch wieder über den Handtuchhalter hängte, löste sich dieser, zusammen mit ein bißchen Gips und zwei verbogenen Schrauben, mit einem Knirschen aus der Wand. Gerfaut ließ Handtuch, Handtuchhalter und Gips dort, wo sie lagen: auf dem Boden. Er fuhr mit seinem Wagen zum COOP, um die wichtigsten Einkäufe zu erledigen. Sie legten sich einen Vorrat an stärkehaltigen Nahrungsmitteln sowie Öl, Käse, Schnaps, Wein, Wasser mit und ohne Kohlensäure an. Die Mädchen forderten lautstark, man solle doch einen Fernseher mieten.

«Hier bekommt man doch nichts rein», behauptete Gerfaut.

«Und wie war das dann letztes Jahr?»

«Dafür braucht man eine Außenantenne.»

Die Mädchen stürmten, einen Stuhl umwerfend, nach draußen. Und kamen wieder rein und brüllten, auf dem Dach sei eine Antenne. Gerfaut kapitulierte und meinte, er werde das Nötige tun.

«Wann?» fragten die Mädchen. «Wann?»

«Heute nachmittag. Ich fahr nach Royan.»

Sie verstummten schlagartig, als habe man auf den richtigen Knopf gedrückt. Anschließend ging man zu Fuß zu Béas Mutter, mit der sie zu Mittag aßen.

«Du mußt nach Royan fahren, um einen Fernseher zu mieten», erinnerten ihn die Mädchen, als sie aus dem Haus der grauenhaften Alten herauskamen.

Gerfaut nahm den Mercedes und fuhr los, um in Royan einen Fernseher zu mieten. Auf dem Rückweg überholte er einen Lancia Beta Berlina 1800. In dem leeren Haus, an dessen Häßlichkeit er sich nicht gewöhnen wollte, schloß er das Gerät an. Schließlich zog er sich aus, um eine Badehose in kalkigem Grün überzustreifen, kleidete sich wieder an und brach auf, um Béa und die Mädchen am Strand zu treffen.

Es war 17 Uhr. Die Sonne war farblos und brannte. Trotz Inflation und Deflation und allem übrigen und obwohl erst der 30. Juni war, befanden sich schon ziemlich viele Leute am Strand und im Wasser. Gerfaut fragte sich, wie das erst in drei Tagen aussehen würde.

Er brauchte gute fünf Minuten, um Béa und die Mädchen aufzuspüren. Alle drei hatten gebadet, sich dreißig Minuten lang in die Sonne gelegt und wieder angezogen. In Jeans und Kreppbluse las Béa in einem Strandstuhl etwas von Alexandra Kollontai*. In T-Shirts und Latzhosen bauten die Mädchen ein Sandschiff. Gerfaut setzte sich neben Béa auf den anderen Klappstuhl. Die Mädchen kamen herbeigelaufen, um sich zu erkundigen, ob der Fernseher installiert war, und gingen dann zufrieden wieder wühlen. Gerfaut zog sich bis auf die Badehose aus. Er genierte sich wegen seiner hellen Haut. Er ging allein baden.

Nach einer Weile stiegen die beiden Killer aus dem Lancia, der an der Küstenstraße parkte. Beide trugen Badehosen. Weder der Körper des einen noch der des anderen wiesen Fett auf. Im Gegenteil, sie waren beide sehr muskulös, schöne Muskeln, harmonisch, ohne Übertreibungen des Bodybuilding. Flüchtig bewunderte jeder den Körper des anderen, während sie auf das Meer und auf Gerfaut zugingen.

Dieser war lustlos ins kalte Wasser gestiegen, hatte eine kurze Pause eingelegt, als zunächst sein Penis und seine Hoden und dann sein Bauchnabel eintauchten. Dann hatte er seinen Oberkörper mit den Händen bespritzt und sich kurz entschlossen in die Brühe gestürzt. Er schwamm in einhundertzwanzig Zentimeter Ozean, vermischt mit Gironde, Kohlenwasserstoffen, leeren Gauloises-Schachteln, Pfirsichkernen, Orangenschalen, Spuren von Urin und inmitten einer Schar von Kindern, fröhlichen Jugendlichen, Ballspielern, sportlichen Greisen, und sogar ein Bantu in roter Badehose war dabei. Rundherum waren Leute. Die unmittelbaren Nachbarn von Gerfaut waren höchstens drei Meter von ihm entfernt und der weiteste, ganz gleich in welcher Richtung, fünfundzwanzig. Als sich die beiden Killer in Badehosen Gerfaut näherten, schenkte er ihnen keine Beachtung. Er hatte gerade zum Verschnaufen festen Fuß gefaßt und war sehr erstaunt, daß der jüngere von beiden ihn hart auf den Solarplexus schlug.

Gerfaut kippte langsam mit offenem Mund nach vorn, und Wasser drang ihm in den Mund. Der junge Angreifer umklammerte mit beiden Händen seine Taille und hielt seine Körpermitte unter Wasser. Der Mann mit den fahlen weißen Strähnen packte Gerfaut mit der linken Hand an den Haaren und schloß die andere Hand um seinen Hals, wobei er ihm rund um die Kehle die Finger ins Fleisch bohrte. Er würgte Gerfaut, während er ihn gleichzeitig daran hinderte, den Kopf aus dem Wasser zu heben.

In dem Moment, als Gerfaut den ersten Schlag verpaßt bekommen hatte, befand sich sein Solarplexus genau an der Wasseroberfläche. Der Schlag war tangential zum Wasser ausgeführt und dadurch in seiner Wucht abgeschwächt worden. Zur Zeit war Gerfaut daher nicht so völlig lahmgelegt, wie er es hätte sein sollen.

Während er spürte, wie das Wasser ungehindert in seine Bronchien floß und seine Stimmritze unter den

Fingern des zweiten Angreifers vibrierte, tastete Gerfaut wie ein Blinder im schmutzigen Meer herum, streifte Schenkel, packte durch Nylon hindurch Genitalien und versuchte, sie abzureißen. Man ließ seine Kehle los. Er hob den Kopf aus dem Wasser. Man schlug ihm auf den Schädel und gegen die Schläfe und tauchte ihn erneut unter. Er hatte kaum Zeit gehabt, ein wenig Luft zu schnappen. Und nur kurz hatte er das wassertriefende Bild von Kindern, fröhlichen Jugendlichen, Ballspielern und dem Bantu vor Augen gehabt und gleichzeitig einen Schwall Lacher, Rufe und Brandung wahrgenommen (und ein Kerl grölte hysterisch: «Gib ab, Roger! Gib ab!»), und diese ganze kleine Welt bemerkte nicht, daß man gerade im Begriff war, Gerfaut zu ermorden. Beherzt stieß er mit Kopf voran zum Grund, anstatt, wie man es erwartete, den Versuch zu unternehmen, wieder hochzukommen, befreite seine Taille aus den Händen des Killers mit den blauen Augen, machte einen Purzelbaum im Wasser, tauchte Galle spuckend wieder auf und versetzte dem jungen Bürschchen einen Stoß mit dem Kopf aufs Kinn, irgend jemand knallte ihm eine Faust wie ein Schmiedehammer in die Nieren, und nur noch ein einziger scharlachroter Gedanke beschäftigte Gerfauts Hirn: Reiß sie in Stücke, reiß ihnen die Augen raus, reiß diesen Hurensöhnen, die dich plattmachen wollen, die Eier ab!

8

Und dann, nach einer endlosen Minute, setzten die beiden Killer plötzlich zur Flucht an. Weil sie mit ihrem Opfer nicht fertig wurden. Weil ihr Opfer so eine Art hysterische Maschine geworden war, die beträchtliche Wassermassen aufwühlte und ihnen jeden Moment mit den Fingernägeln ein Auge herauszureißen drohte. Und weil Gerfaut, von einer Sekunde zur anderen, wieder genügend Luft haben würde, um loszubrüllen, dann würden die Leute rundherum, die zur Zeit noch schön ruhig waren und ihren kleinen Spielchen und Beschäftigungen nachgingen, dann würden diese Leute merken, daß da irgendwas nicht stimmte. Und sie müßten sich einen Weg durch eine regelrechte Menschentraube bahnen, mit dem Wasser bis zur Taille. Das gefiel den beiden Killern überhaupt nicht. Also setzten sie zur Flucht an.

Einen Moment lang schlug Gerfaut weiter um sich und stieß grunzende und knirschende Laute aus. Bis er wieder zu Atem kam und feststellte, daß man tatsächlich von ihm abgelassen hatte, waren die beiden Männer aus dem Wasser. Gerfaut brauchte einige Sekunden bis er sie entdeckte. Sie liefen den Strand hinauf. Am Schenkel des kleinen dunklen Typs rann ein dünner Faden Blut, und er hinkte. Dann verließen sie den Strand und überquerten die Fahrbahn, und Gerfaut sah sie nicht mehr. Die Küstenstraße war gegenüber dem Strand etwas erhöht, außerdem gab es eine Balustrade und zur Meerseite hin war das Parken verboten. Eine Minute später startete ein roter Sportwagen und fuhr davon. Gerfaut machte eine vage Geste mit dem Arm, konnte jedoch nicht einmal sicher sein, daß es das Auto seiner Angreifer war. Sein Arm fiel wieder hinunter. Er ließ seinen Blick über die Badenden um ihn herum schweifen.

«Haltet die Mörder!» schrie er nicht sehr überzeugend.

Der Bantu warf ihm einen argwöhnischen Blick zu und entfernte sich dann in einem tadellosen Kraulstil. Alle anderen fuhren fort, sich mit Wasser zu bespritzen, Ball zu spielen, zu glucksen, spitze Schreie auszustoßen. Gerfaut schüttelte den Kopf und kehrte langsam, während er einige Atemübungen machte, zum Strand zurück. Er kehrte zu Béa und den Mädchen zurück. Er hatte butterweiche Knie, und seine Kehle brannte. Er setzte sich in seinen Strandstuhl.

«War's schön im Wasser?» fragte Béa, ohne von ihrem Buch aufzublicken.

«Sag mal», meinte Gerfaut unvermittelt mit rauher Stimme, «hast du irgendeinen idiotischen Scherz ausgeheckt?»

«Wie? Was?» fragte Béa. (Sie wandte sich Gerfaut zu und schob ihre Sonnenbrille hinunter auf die Nasenspitze. Über den Rand der Brille hinweg musterte sie ihren Mann ungeduldig mit weit aufgerissenen Augen.) «Was hast du da am Hals? Du bist ja ganz rot.»

«Nichts, das ist nichts», erwiderte Gerfaut abweisend.

Béa zog die Augenbrauen hoch und vertiefte sich erneut in Kollontai. Gerfaut pfiff leise vier Takte von *Moonlight in Vermont*, brach wieder ab, warf Béa einen unschlüssigen Blick zu. Drehte sich auf seinem Stuhl um, suchte den Strand und den Gehsteig an der Küstenstraße mit zusammengekniffenen Augen ab, doch er sah nichts Ungewöhnliches. In der Tat saßen die beiden Killer bereits vier Kilometer entfernt in einem Café-Restaurant. Sie knurrten und murrten und hatten sich gerade zwei Dutzend Austern und eine Flasche Muscadet Sèvre et Maine bestellt, um sich über ihr lächerliches Scheitern hinwegzutrösten. Gerfaut wand sich abermals auf seinem Stuhl, beugte sich hinunter, durchwühlte Béas Strandtasche, zog einen Band eines gewissen Castoriadis* über die Erfahrungen der Arbeiterbewegung heraus. Eine Weile tat er so, als würde er lesen. Etwas später, als die Sonne tiefer stand, kehrten Gerfaut, Béa und die Mädchen wieder in ihr gemietetes Haus zurück, um sich umzuziehen und einmal kurz durch die Haare zu kämmen. Dann kamen sie wieder heraus und suchten die bretonische Crêperie auf, die unmittelbar am Meer liegt, neben dem Vergnügungspark und dem Fahrradverleih. Béa haßte das Kochen. Man aß schnell, weil die Mädchen zu dem Film, der an diesem Abend im Fernsehen lief, wieder zurück sein wollten. Der Film hat im Französischen den Titel *Le Port de la Drogue*[1] und ist von Samuel Fuller. Gerfaut konnte das Gefühl, das sich seiner bemächtigt hatte, nicht länger ertragen. Gegen 20 Uhr 25 erklärte er, er wolle Zigaretten kaufen gehen, und trieb sich danach zu Fuß in Saint-Georges her-

---

1 Deutscher Titel: «Polizei greift ein», Originaltitel: «Pick up on South Street!» *(Anm. d. Übers.)*

um, es wurde dunkel, Gerfaut wünschte sich schon beinahe, die beiden Männer sollten wieder auftauchen und ihn angreifen, und sei es nur, um seiner Unsicherheit ein Ende zu machen, und unversehens fand er sich am Meer wieder. Ein Bus, der nach Royan fuhr, kam vorbei. Gerfaut stieg ein. In Royan schlenderte er wieder umher. Um 22 Uhr nahm er am Bahnhof von Royan den Zug nach Paris. Später, als er an alles zurückdachte, war seltsamerweise das einzige, an das er sich während seines Herumschlenderns an jenem Abend erinnerte, die Werbung einer Kurzwarenhandlung, *Aux Doigts de Fée* – «Feenfinger» –, Damenunterwäsche, Herrenunterwäsche, Strick- und Wirkwaren, Kurzwaren, besondere Feinwäsche, Säuglingsausstattung, Spitzenwaren, Borten, Lätzchen, zarte Taschentücher, Knöpfe, formbeständige und schlankmachende Korsetts, die nie hochrutschen, nicht einmal ohne Strümpfe, sowie alle Arten von Miedern und Büstenhaltern, Plissees, Stickereien, Knöpfe, Ösen, Schleifen, Aufnahme von Laufmaschen.

9

«Und weißt du eigentlich», schrie Gerfaut Liétard beunruhigend überschwenglich an, «woran ich mich noch erinnere? An die Reklame einer Kurzwarenhandlung in Royan! Die weiß ich auswendig!» (Und er leierte sie vollständig herunter.)

«Trink deinen Kaffee», sagte Liétard.

Gerfaut trank seinen Kaffee. Er saß im Hinterzimmer von ACTION-PHOTO, einem kleinen, von Liétard geführten Laden unweit des Rathauses von Issy-les-Moulineaux, in dem Fotoapparate, Filmmaterial, Kameras, Ferngläser, Teleskope und jede Menge anderer Kram verkauft wurden. Liétard trug ein rotes Hemd und eine abgenutzte schwarze Hose. Er hatte ein langes Intellektuellengesicht und eine sanfte Art; doch darauf sollte man sich nicht verlassen. Er gehörte zu den Leuten, die sich zum falschen Zeitpunkt im Eingang der Métrostation Charonne* aufgehalten haben und die lebend davongekommen sind. Im Jahr darauf, sechs Monate nach seiner Entlassung aus dem Krankenhaus, hat Liétard nachts, in der Rue Brancion, einen einsamen Schutzmann angegriffen, ihn mit einem Stock bewußtlos geschlagen und splitternackt zurückgelassen, mit zwei gebrochenen Rippen und Kieferbruch und mit Handschellen an die Gitter des Schlachthofs Vaugirard gefesselt.

«Du mußt völlig kaputt sein», sagte Liétard. «Hast du im Zug geschlafen?»

«Aber nein, ich hab nicht geschlafen! Natürlich nicht!»

«Du kannst dich oben ausruhen. Das solltest du wirklich, weißt du.»

«Ich könnte nicht schlafen.»

«Und wenn ich dir ein Schlafmittel gebe?»

«Das wird bei mir nicht wirken.»

«Versuch's wenigstens.»

Gerfaut murmelte etwas. Liétard brachte ihm zwei weiße Tabletten und ein Glas Wasser. Gerfaut schluckte sie.

«Du denkst, daß ich Stuß rede.»

«Ich, ich denk überhaupt nichts», erwiderte Liétard. «Ich hör zu. Ich muß jetzt das Geschäft aufmachen. Es ist neun Uhr, verstehst du.»

Gerfaut nickte leicht mit dem Kopf. Liétard stand vom Tisch auf und ging hinüber in seinen Laden. Er öffnete das Geschäft und mußte fast sofort einen Kunden bedienen, der einen Kodachrome X mit 36 Aufnahmen verlangte. Als Liétard ins Hinterzimmer zurückkam, war Gerfaut halb eingeschlafen und halb auf dem Tisch zusammengesunken. Liétard half ihm, die Stufen der Wendeltreppe, die mit einem Juteteppich beschlagen waren, nach oben zu steigen. Gerfaut zog sich beinahe ohne Hilfe aus und legte sich hin. Er begann sofort zu schnarchen, oder eher dumpf zu dröhnen. Einmal wachte er halb auf, sah undeutlich, daß es hell war, fragte sich, wo er sich befand, und schlief wieder ein. Als er das zweite

Mal aufwachte, brach hinter den Fensterläden bereits die Abenddämmerung herein. Gerfaut stand auf. Er zog sich an. Liétard erschien auf der Wendeltreppe, eine Tasse Kaffee in der Hand. Gerfaut stürzte sich auf ihn, und etwas Kaffee schwappte aus der Tasse und floß auf die Untertasse.

«Du blöder Scheißkerl!» schrie Gerfaut. «Du hast mit meiner Frau telefoniert?»

«Nein», antwortete Liétard. «Warum denn?»

«Hast du die Flics angerufen? Jemandem Bescheid gesagt?»

Liétard schüttelte verwundert den Kopf. Gerfaut ließ ihn wieder los und rückte mit einem entschuldigenden Grinsen von ihm ab.

«Machen wir uns ein Tatar? Wie in alten Zeiten?» schlug Liétard vor. «Ich hab alles Nötige eingekauft.»

Gerfaut war einverstanden.

«Meinst du», sagte Liétard, als sie im Erdgeschoß am Tisch vor ihrem Tartar saßen, das auf den Tellern durch ein Übermaß an teuflischen Gewürzen fast schwarz wurde, «meinst du, die wollten dich wegen dem Typ beseitigen, den du neulich nachts auf der Straße aufgelesen hast?»

«Mich? Warum?» fragte Gerfaut.

«Das hast du gestern abend doch selbst gesagt. Du hast gesagt, daß du meinst, daß die glauben, daß du diesen Typ überfahren hast oder so, und seine Kumpels wollen ihn jetzt rächen.»

«Entschuldige, das hab ich nicht verstanden», sagte Gerfaut, indem er energisch den Kopf schüttelte.

Liétard wiederholte.

«Ach, ja», entgegnete Gerfaut. «Ja. Na ja, ich weiß nicht.»

«Du solltest mit der Polizei reden.» (Liétard schenkte Médoc ein.)

«Dazu hab ich keine Lust.»

Sie schauten sich einen Moment an und kauten dabei.

«Willst du ein paar Tage hier bleiben?» schlug Liétard vor

«Nein, nein.»

«Morgen nachmittag, im Fernsehen ... o diese krummen Hunde! Hast du ihn gesehen?» sagte Liétard. «Den Fuller gestern abend? In französischer Synchronisierung, diese Arschlöcher! Ah nein, stimmt, den hast du nicht gesehen. Was hab ich gesagt? Ach ja! Morgen nachmittag strahlen die *Im Banne der roten Hexe* von Edward Ludwig aus. Wirklich verrückt. Bei dem heul ich immer am Schluß. Weißt du», fügte er hinzu, «was mich jedesmal ganz fertig macht, ich kapier einfach nicht, wie's funktioniert, aber es funktioniert garantiert, und zwar, wenn die ganzen toten Leute am Ende wieder auferstehen, so wie in *Die Prinzessin Yang* oder *Ein Gespenst auf Freiersfüßen*. Mann, sogar bei *Mit Leib und Seele*, da sag ich mir jedesmal, Scheiße, was für eine militaristische Kacke, und am Schluß komm ich trotzdem nie dran vorbei. Wenn Donald Crisp und die O'Hara an den Abhang kommen, zack!» (Er machte eine übertriebene Gebärde, um zu zeigen, wie ihm anschließend die Tränen das Gesicht hinunterliefen.)

«Soso», meinte Gerfaut, der nicht die leiseste Ahnung hatte, wovon Liétard sprach.

Sie beendeten ihr Tatar und ihren Wein. Es war neun Uhr abends. Sie zündeten sich Zigaretten an. Gerfaut fragte Liétard, ob er nicht ein bißchen Musik auflegen wolle.

«Was zum Beispiel?»

«Einen kleinen Blues von der Westküste», antwortete Gerfaut.

«Kleine Frauen», sagte Liétard auf deutsch, *«kleine Lieder, ach, man liebt und liebt sie wieder.* Der kleine Blues von der Westküste, das paßt zu dir. Tut mir leid, mein Alter. Ich hab nur *Hard bop*.»

«Schon auf dem Gymnasium waren wir uns da nicht einig», meinte Gerfaut.

Danach sprach Liétard ein bißchen von sich. Der Laden brachte ihm gerade genug ein, um kümmerlich zu leben. Er dachte nicht ans Heiraten. Vergangenes Jahr hatte er eine Liaison mit einer Amerikanerin gehabt.

«Und dann hab ich ein Drehbuch geschrieben», erzählte er, «aber mit dem Schluß bin ich noch nicht zufrieden. Muß unbedingt 'nen Schluß finden. Und vielleicht werd ich ein Buch über die großen amerikanischen Kameramänner schreiben.»

«Béa, meine Frau, die ist Pressesprecherin beim Film», sagte Gerfaut.

«Oh, ist ja klasse. Wir müssen uns unbedingt wiedersehen. Na ja, nicht nur deswegen. Ganz allgemein eben.»

Kurz danach meinte Liétard, er wolle bald schlafen gehen, und Gerfaut, daß er aufbrechen wolle.

«Kehrst du nach Saint-Georges-de-Didonne zurück?»

«Weiß nicht. Ja, wahrscheinlich.»

«Mußt dich da nicht verrückt machen», sagte Liétard. «Das sind bestimmt zwei Bescheuerte oder halb Besoffene, die sich im Wasser einfach so, per Zufall, an dir vergriffen haben. Arschlöcher gibt's überall, weißt du.»

«Willst du mir nicht einen Revolver geben?» fragte Gerfaut.

«Ja, wenn dich das beruhigt», meinte Liétard. «Aber dann schnell.»

Sie stiegen rasch wieder hinauf in den ersten Stock. Liétard zog eine Schublade der Kommode auf, in der sich mehrere Schachteln und in Lappen eingeschlagene Päckchen befanden. Er überlegte einen Augenblick und wickelte dann eines in einem schmutzigen blauen Lappen aus. Er zog eine halbautomatische Pistole hervor, auf der seitlich zu lesen war: BONIFACIO ECHEVERRIA S.A. – EIBAR – ESPAÑA «STAR».

«Die da, die kannst du mitnehmen, die hat mal ein Typ hiergelassen, der hat die glatt vergessen, ist eine ulkige Geschichte. Aber eigentlich doch nicht so ulkig, wenn man darüber nachdenkt. Das war ein Kumpel von einem Kumpel. Er kam aus Südamerika, war aber Franzose. Seinen Vater haben die Nazis während der Résistance zu Tode gefoltert, er war verraten worden, und seine Mutter wußte, von wem. Den Jungen hat seine Mutter in Südamerika großgezogen, sie hat ihn im Haß erzogen, damit er später den Kerl umbringt, der seinen Vater verraten hat. Wahnsinnig dramatisch. Also ist er schließlich angetanzt, der einsame Rächer, aber im Grunde genommen hat er nur sich selbst was vorgespielt mit seiner Knarre. Als er erst mal hier war, hat er gar nicht mehr ernsthaft versucht, den Denunzianten zu finden. Der womöglich schon längst tot war. Er ist einem Mädchen begegnet, sie haben geheiratet, ich glaub, alle beide sind jetzt Lehrer in Aix-en-Provence. Und er hat seine Knarre glatt bei mir vergessen. Die verschießt 7,63er Mauser.»

«Danke», sagte Gerfaut.

Liétard zeigte ihm kurz, wie die Waffe funktionierte. Das Magazin war voll, doch die Patronen waren zehn oder fünfzehn Jahre alt. Liétard besaß keine anderen. Die beiden Männer stiegen wieder ins Erdgeschoß hinunter. Sie sagten sich auf Wiedersehen. Liétard zog den eisernen Rolladen zur Hälfte hoch, um Gerfaut hinauszulassen, und schloß ihn anschließend wieder. Die Star in der Jackentasche, ging Gerfaut zur Station Mairie d'Issy, um in die Métro zu steigen, und trällerte vor sich hin, so etwas Ähnliches wie: Eure Jugend ist dahin und Eure Liebe auch.

10

Gerfaut ging direkt in seine Wohnung, nachdem er Liétard verlassen hatte. Er ging von Zimmer zu Zimmer, nachdem er Wasser und Strom wieder angestellt hatte, und knipste überall Licht an. Ihr Heim war behaglich und nüchtern. Es war völlig unvorstellbar, daß irgendwelche Killer im Besenschrank auf der Lauer lagen. Gerfaut schaltete die meisten Lampen wieder aus, nahm eine Dusche, rasierte sich, zog etwas anderes an und machte es sich im Wohnzimmer mit einem lauwarmen Cutty Sark bequem, denn der Kühlschrank hatte ja noch keine Zeit gehabt, Eis zu produzieren, und außerdem war es zur Zeit heiß. Der Mann hörte sich Sachen von Fred Katz und von Woody Herman an. Um halb zwölf in der Nacht schickte er Béa ein telefonisch aufgegebenes Telegramm, in dem er ihr mitteilte, daß es ihm leid tue, weggefahren zu sein, ohne Bescheid zu sagen – unmöglich mich früher zu melden, erklär's dir noch, Brief folgt, alles in Ordnung. Zu diesem Zeitpunkt war Gerfaut bei seinem sechsten Whisky. Das erklärt wahrscheinlich, weshalb er einen Brief ankündigte, obwohl er doch erwog, jeden Moment die Rückfahrt nach Saint-Georges-de-Didonne anzutreten. Im übrigen fing er tatsächlich an, ihn zu verfassen, diesen Brief, und verschüttete zweimal etwas Whisky darüber.

«Ich gedenke, sehr bald nach Saint-Georges zurückzukehren», schrieb er. «Meine kleine Eskapade muß dir unverständlich erscheinen. Um ehrlich zu sein, verstehe ich sie selbst nicht ganz. Ich werde es dir erklären. Ich glaube, es ist vor allem eine Frage nervöser Erschöpfung. Sich ständig schlagen, und wofür?» (Den letzten Satz strich er wieder durch.) «Das Jahr war sehr hart, und ich habe viel kämpfen müssen», schrieb er. «Manchmal habe ich große Lust, daß wir alles hinschmeißen und uns in die Berge zurückziehen, um Gemüse anzubauen und Schafe zu züchten. Mach dir keine Sorgen, ich weiß selbst, daß das nur Blödsinn ist.» Er beendete seinen Brief mit Liebesbeteuerungen und trank vier weitere Whiskys. Inzwischen hatte Gerfaut Eis. Er öffnete eine weitere Flasche Cutty Sark, doch jetzt gab es kein Perrier mehr. Er zerriß den mit Alkohol vollgespritzten Brief und warf ihn in den Müllschlucker in der Küche. Dann streckte er sich der Länge nach auf dem Sofa aus, in der Absicht, bloß für ein paar Minuten neue Kraft zu schöpfen, und schlief sehr tief ein. Das Telegramm an Béa kam um neun Uhr morgens auf der Post von Saint-Georges-de-Didonne an. Die beiden Killer saßen in ihrem Lancia, der an der Ecke einer kleinen Wohnstraße geparkt war, und durch die Windschutzscheibe beobachtete Carlo das zweihundertfünfzig Meter entfernt liegende Ferienhaus der Gerfauts. Gegen 9 Uhr 15 sah er Béa und die Mädchen mit einer Tasche und Badetüchern zum Strand aufbrechen. Er griff nach dem Fernglas auf dem Sitz neben sich und beobachtete die Frau und die beiden Kleinen. Das Fernglas war sehr leistungsstark, und Carlo konnte erkennen, daß Béa abgespannt aussah und erst vor kurzem geweint hatte.

«He», rief er. «Psst. He.»

Der Mann mit den fahlen weißen Strähnen fuhr vom Rücksitz hoch, wo er geschlummert hatte, und krallte sich mit einer Hand in den Vordersitz. Mit der anderen Faust rieb er sich kräftig ein Auge. Und gähnte.

«Ich hab von dem Alten geträumt», bemerkte er.

«Taylor?»

«Taylor ist nicht alt. Nein, von dem anderen. Dem Alten von neulich.»

Neulich waren die beiden Killer in das Büro des Alten getreten. Sie hatten ihm kurz die Lage erklärt. Und während der Mann mit den fahlen weißen Strähnen den Alten dann festgehalten hatte, hatte Carlo mit dem bleigefüllten Ledertotschläger auf dessen Kehle eingeprügelt, bis diese Kehle völlig zerquetscht gewesen war. Danach hatten die beiden Killer den Alten durch das Sprossenfenster geschmissen, und er war fünf Stockwerke tiefer auf der Fahrbahn zerschmettert.

«Die gute Frau und die Gören sind gerade zum Strand», sagte Carlo. «Er wird ihnen sicher bald folgen.»

«Carlo, ich glaube nicht, daß er im Haus ist.»

«Wir werden doch nicht schon wieder mit dieser Diskussion anfangen!»

«Gestern abend waren nur die Frau und die kleinen Mädchen in dem großen Raum, und sonst war nirgendwo Licht, Carlo. Also, wenn er nicht heimgekommen ist ...»

«Dann war er eben auf dem Scheißhaus!» behauptete Carlo und kicherte, als ob er etwas Lustiges gesagt hätte.

Der Mann mit den fahlen weißen Strähnen schüttelte den Kopf, schien argumentieren zu wollen, überlegte es sich dann aber anders.

«Da kommt der Briefträger», bemerkte er.

In der Tat, ein Telegrammbote auf einem Fahrrad bremste in unmittelbarer Nähe des Ferienhauses der Gerfauts. Er sprang von seinem Fahrrad, das er in demselben Schwung gegen die Hecke lehnte, eilte in den Garten und stürmte martialisch die Stufen der Außentreppe hoch. Er klingelte. Wie durch Zauberei war in seiner Hand ein Telegramm aufgetaucht. Nach einem Augenblick klingelte er erneut, und einen Augenblick später noch einmal. Danach klopfte er mit der Faust gegen den Türflügel. Schließlich schob er das Telegramm unter die Tür, kehrte zu seinem Fahrrad zurück und fuhr davon.

«Der hat aber einen tiefen Schlaf, dieses Arschloch», sagte Carlo. «Wir könnten vielleicht einfach reingehen und mit ihm abrechnen.»

Der Mann mit den fahlen weißen Strähnen stieg aus dem Wagen.

«Heeh!» rief Carlo. «Das hab ich doch nur so gesagt. Mach keinen Scheiß, Bastien!»

Bastien entfernte sich Richtung Haus. Carlo ließ den Motor des Lancia an, doch Bastien drehte sich im Gehen zu ihm um und gab ihm mit der Hand zu verstehen, sich ruhig zu verhalten. Carlo schaltete die Zündung wieder aus und ließ sich mit einem gereizten Seufzer in die Lehne seines Sitzes fallen. Er hatte Rückenschmerzen. Die beiden Männer hatten die Nacht im Auto verbracht.

Bastien kam zum Haus, stieß das Holztürchen auf, betrat den Garten und ging hoch, hob das Telegramm auf und öffnete es behutsam. Die Lippen bewegend, las er den Text. Dann steckte er das Telegramm wieder unter die Tür und kehrte zum Wagen zurück.

«Es ist von ihm», sagte er. «Von Gerfaut. Es ist mit Georges unterzeichnet und telefonisch aufgegeben, es wurde von Georges Gerfaut aus seiner Pariser Wohnung aufgegeben. Er ist nicht hier, er ist nach Hause gefahren. Na? Wer hat denn nun recht gehabt?»

«Verdammte Scheiße!» rief Carlo aus.

«Na? Wer hat denn nun recht gehabt? Sag mir, wer hat recht gehabt?»

«Du, du Blödmann.»

Bastien stieg zurück in den Wagen, wobei er diesmal vorne Platz nahm, am Steuer. Er startete.

«Halt!», meinte Carlo. «Wo geht's jetzt hin?»

«Nach Paris, du Trottel.»

Der Lancia fuhr mit einem Ruck an und davon. Nach einer Weile tauchte eines der Mädchen auf und ging zurück zum Haus. Beim Eintreten sah es das Telegramm nicht. Kurz darauf kam es mit einem Satz Boulekugeln aus Plastik, in so einer Art durchsichtig gewebtem Futteral, wieder heraus. Da erst sah es das Telegramm, hob es auf und las es und rannte zum Strand.

11

Das Klingeln des Telefons weckte Gerfaut. Der Mann richtete sich auf, mit einem Schluckauf, fiel beinahe vom Sofa, hielt sich gerade noch mit einer Hand an der Rückenlehne fest und rieb sich, den Mund weit offen, mit der anderen Faust die Augen, etwa so, wie es der Killer Bastien anderthalb Stunden zuvor getan hatte. Gerfaut brauchte einen Moment, bis ihm einfiel, wo er sich befand. Er hatte verklebte Augen, einen schlechten Atem und eine belegte Zunge. Er wandte sich zum Telefon und kratzte sich die Brust durch den Ausschnitt seines Hemds, dort, wo Männer einen Büschel Haare haben. Er hob ab. Gleichzeitig sah er verdrossen, daß die Musikanlage seit dem Vorabend eingeschaltet geblieben war. Jemand schrie ihm ins Ohr, er verstand nicht sofort, wer es war, dann verstand er auf einmal, daß es Béa war.

«Ja», sagte er. «Warte, entschuldige bitte.»

Sie schrie erneut. Sie schluchzte. Sie verlangte nach Erklärungen. Unterdessen bewegte sich Gerfaut vorwärts, wobei er das gesamte Telefon mehr schlecht als recht festzuhalten versuchte. Er bewegte sich zur Anlage. Schaltete sie ab, betastete kurz den Plattenspieler und den Tuner und den Verstärker (die beiden letzteren Geräte waren sehr heiß), verzog das Gesicht.

«Ich hab plötzlich 'ne kleine Depression bekommen», sagte er. (Er setzte sich aufs Sofa, stellte den Apparat auf seinen Schoß, während er den Hörer weiterhin am Ohr, vielmehr zwischen Ohr und Schulter geklemmt, behielt. Er sah sich nach einer Zigarette um. Béa schrie im Hörer.) «Hallo!» rief er. «Was ist da los? Ich hör dich sehr schlecht.» (Mit dem Finger betätigte Gerfaut mehrmals die Wählscheibe des Telefons. Jedesmal, wenn er sie bewegte, wurde die Verbindung unterbrochen.) «Hallo? Hallo?» rief er. «Béa, ich weiß nicht, ob du mich hören kannst. Mach dir keine Sorgen. Ich liebe dich. Das ist ein depressiver Schub. Ich werde zurückkommen. Hallo? Ich sagte, daß ich zurückkommen werde. Ich werde heute abend unten sein. Spätestens morgen. Hallo?». (Er drehte weiter die Wählscheibe. Alles, was er sagte, kam nur fürchterlich zerstückelt bei Béa an, die sich ihrerseits unentwegt Gehör verschaffen wollte.)

Unvermittelt brach er die Verbindung ab, indem er mit seinem Zeigefinger einfach auf die Gabel drückte. Er lockerte den Druck wieder und horchte nach dem Amtszeichen. Legte den Hörer zurück auf den Apparat und stellte das Telefon an seinen Platz. Und zog den Stecker raus. Nun konnte Béa ruhig wieder anrufen. Am Ende der Leitung würde sie zwar den Klingelton hören, doch er würde hier überhaupt nichts hören, nicht einmal ein Klingeln würde ertönen und ihn stören. Er ging in die Küche und machte sich einen Tee. Während dieser zog, nahm er abermals eine Dusche und rasierte sich und zog sich um, und die beiden Killer fuhren in ihrem knallroten Lancia Beta Berlina 1800 in Richtung Paris. Und Gerfaut trank seinen Tee, aß dabei Orangenmarmelade ohne Brot, mit dem Löffel, und las ein paar Seiten aus einer alten Nummer der Zeitschrift *Fiction*. Als er seinen Tee ausgetrunken hatte, steckte er das Telefon wieder ein und rief erst eine Agentur für Autovermietungen für Selbstfahrer an, dann ein Taxi.

Das Taxi setzte ihn um 11 Uhr bei einer Garage ab, wo er den Ford Taunus in Empfang nahm, den er sich hatte reservieren lassen. Er fuhr eine Weile aufs Geratewohl in Paris herum. Die beiden Killer rasten über die Autobahn. Carlo hatte das Steuer übernommen. Bastien döste zu seiner Rechten. Sie hatten sich eine Weile gestritten, nachdem Bastien Carlo den genauen Inhalt des Telegramms mitgeteilt hatte. Carlo hatte die Ansicht vertreten, es wäre schlauer gewesen, in Saint-Georges-de-Didonne zu warten, bis Gerfaut zurückkäme. Doch nach Bastiens Ansicht bedeutete der in der Nachricht enthaltene Ausdruck «Brief folgt», daß Gerfaut nicht so schnell zurückkehren wollte. Mehrmals beschimpften sie sich gegenseitig als Dummkopf und Blödmann. Schließlich war Bastien eingedöst. Nun schreckte er jäh hoch und fluchte.

«Ich hab schon wieder von dem Alten geträumt», erklärte er.

«Ich», sagte Carlo, «ich träum nie.»

«Ich normalerweise auch nicht», sagte Bastien.

«Manchmal würd ich schon gern», bemerkte Carlo.

«Manchmal träum ich von Schlössern ...» meinte Bastien. «Von Schlössern ... wie soll ich dir das erklären. Ich träum von ganz goldenen Schlössern, mit Türmen und Turmspitzen. Ja, genau! Man könnte sagen, genau so wie der Mont Saint-Michel, verstehst du? Nur eben bergig, also die Landschaft drum herum, und dann mit viel Nebel überall.»

«Was ich möchte», entgegnete Carlo, «das ist von Frauen träumen.»

«Nein», sagte Bastien. «Nein. Ich nicht.»

«Die Frau von neulich», meinte Carlo. «Die hat mir gefallen.»

Neulich, nachdem sie den Alten aus dem Fernster geworfen hatten, waren sie zu der Frau gegangen. Sie hatten sich versichert, daß sie nichts wußte. Sie hatten sich dessen gründlich versichert. Carlo hatte die Frau auf einmal gezwungen, ihn zu schlagen. Das hatte sie nicht gemocht. Alles andere hatte sie auch nicht gemocht. Aber ihm, Carlo, ihm hatte es ziemlich gut gefallen.

Im allgemeinen konnte man sagen, daß sämtliche mit Colonel Taylor abgeschlossenen Geschäfte, selbst wenn man zu den Anfängen zurückging, bis hin zum Vertrag Mouzon, wie geschmiert geklappt hatten, jedenfalls bis zu dem Moment, da sie an dieses Arschloch von Georges Gerfaut geraten waren. Obwohl so ein leitender kaufmännischer Angestellter doch normalerweise wirklich sehr leicht umzubringen ist – Carlo und Bastien konnten Vergleiche anstellen, denn sie hatten ihr Gewerbe schon in den unterschiedlichsten Gesellschaftsschichten ausgeübt. Nun begannen sie allmählich wütend zu werden auf Georges Gerfaut.

Gegen 13 Uhr 30 verdrückte Gerfaut in einer Brasserie ein Paar Frankfurter mit Fritten. Das Wetter war schön und klar, doch man konnte trotzdem nicht sehr weit sehen, wegen der Luftverschmutzung. Die vorübergehenden Frauen waren leicht gekleidet. Alles übrige jedoch, die Autos, die in einer Wolke von Abgasen und vom Regionalsender FIP 514 eingelullt, nicht von der

Stelle kamen, die dunkel umränderten Augen der hastenden Menschen, die Betontürme, der Heidenlärm, das wässrige und verfälschte Fleisch der Würstchen zwischen Gerfauts Zähnen, all das war Scheiße. Gerfaut hätte einen Ort vorgezogen, an dem er um sich herum etwas mehr gesehen hätte als sein Gesicht, wo ihn nicht alles an ihn selbst erinnerte, eine unbelebte Landschaft eben. Automatisch kehrte er gegen 15 Uhr 15 wieder in sein Appartement zurück. Er räumte ein bißchen auf, stellte dann sehr laut Musik an – das Oktett von Joe Newman mit Al Cohn –, und warf ein paar Sachen in einen kleinen Koffer. Fast gleichzeitig klingelte es gebieterisch und wiederholt an der Tür. Gerfaut lief zum Sofa, auf dem er die Jacke, mit der er aus Saint-Georges hergekommen war, liegen gelassen hatte. Er zog die Star aus der Tasche, entsicherte die Halbautomatik und lud sie durch. Dann ging er zur Tür, öffnete sie und sprang zurück, die Pistole hinterm Rücken und den Finger am Abzug. Einen Augenblick später stieß die Hausmeisterin die Tür auf und schaute Gerfaut streng an, der gestolpert war und, die Füße über Kreuz, auf den Absätzen balancierend, einen Arm hinterm Rücken und mit dem anderen Ellbogen gegen die Wand gelehnt dastand.

«Sie sind das, Monsieur Gerfaut?» meinte die Hausmeisterin mißtrauisch. «Sind Sie denn nicht im Urlaub?»

«Was?» fragte Gerfaut, während er bereits rückwärts ins Wohnzimmer marschierte, und einen Moment später wurde die Musik deutlich leiser, und der Mann hatte auch keine Hand mehr hinterm Rücken, als er zurückkam.

«Waren Sie denn nicht im Urlaub?»

«O doch. Aber ich bin zurückgekommen», antwortete Gerfaut. «Ich hatte etwas vergessen.»

«Sie müssen mich entschuldigen», sagte die Hausmeisterin. «Ich war gerade im Treppenhaus, und da hab ich Musik gehört. Ich hab mir gesagt, wer zum Teufel kann das sein, der da Musik macht bei Monsieur und Madame Gerfaut.»

«Ist gut», entgegnete Gerfaut, «wirklich nett. Ich mein, da fühlt man sich sicher, wenn Sie aufpassen, Sie machen Ihre Arbeit wirklich gut.»

«Man tut, was man kann, man ist ja kein Rindvieh», erklärte die Hausmeisterin schulmeisterlich. «Da waren übrigens zwei Herren von Ihrer Firma, die auch nach Ihnen gefragt haben.»

«Zwei Herren», wiederholte Gerfaut in gleichgültigem Ton und mit Fragezeichen.

«Na ja, ein Herr, und der andere wartete im Wagen. War es richtig, daß ich ihnen Ihre Adresse gegeben habe?»

«Meine Adresse», entgegnete Gerfaut, ohne den Ton zu ändern.

«Die an der Küste.»

«Richtig, ja!» rief Gerfaut aus. «Ja, natürlich! Ein junger dunkelhaariger Mann und ein großer massiger Typ mit weißem Haar, oder? Stimmt's?»

«Der junge Mann auf jeden Fall, ja. Der andere ...» (Die Hausmeisterin machte eine Geste, um anzudeuten, daß sie den nicht nahe genug gesehen hatte, um eine genaue Erinnerung an ihn zu behalten.)

Gerfaut hatte sich mit der Schulter an die Wand gelehnt. Er schaute ins Leere, über den Kopf der Hausmeisterin hinweg, und sah aus, als überlegte oder träumte er. Sein Schweigen und sein abwesender Gesichtsausdruck bereiteten der Hausmeisterin ein gewisses Unbehagen.

«Na gut», sagte sie schließlich, «ich muß jetzt gehen.

Ich plaudere zwar gern mit Ihnen, aber ich hab noch was anderes zu tun.»

Seit zehn Minuten stand der Lancia auf einem Fußgängerüberweg nicht ganz hundert Meter vom Eingang des Wohngebäudes entfernt. Eine Frau trat aus dem Haus. Sie führte einen Airedale an der Leine. Der Airedale ist ein großer Hund, aber kleiner als der Bullmastiff. Dieser Airedale hier war sechzig Zentimeter hoch und ein Rüde, wogegen Elizabeth, Alonsos Bullmastiff, beinahe siebzig Zentimeter groß war. Die Frau mit dem Airedale überquerte vor dem Haus die Straße und stieg mit ihrem Hund in einen Datsun Cherry, der auf der gegenüberliegenden Seite parkte. Sie startete und fuhr los. Kaum hatte er gesehen, daß sie den Blinker betätigt hatte, war Carlo auch schon angefahren. Sobald die Frau fort war, parkte er auf dem Platz ein, auf dem der Datsun vorher gestanden hatte. Er saß allein in dem Lancia. Bastien lauerte in einem Bistro, in Sichtweite der Einfahrt der Tiefgarage, auf der anderen Seite des Wohngebäudes. Zunächst hatten die beiden Killer Gerfaut vom Bistro aus angerufen. Am Ende der Leitung klingelte es zwar, doch es antwortete niemand.

«Du wirst sehen, der ist wieder zu seiner Alten gefahren, du alter Blödmann», hatte Carlo mit Nachdruck behauptet.

Trotzdem hatte er keine Lust, sich schon wieder sechs- oder siebenhundert Kilometer reinzuziehen, um dies zu überprüfen. Also einigten sie sich darauf, sich erst einmal einfach auf die Lauer zu legen. Man würde ja sehen, ob Georges Gerfaut nach Hause käme. Wenn nicht, wollten sie zur Beruhigung des eigenen Gewissens nach Einbruch der Nacht in seine Wohnung einsteigen. Und wenn er dort nicht wäre, würde man eben ein gefälschtes Telegramm nach Saint-Georges schicken, um dem Mann mitzuteilen, daß es in seiner Wohnung einen Wasserschaden gebe, und er möge doch bitte so schnell wie möglich bei sich zu Hause anrufen. Man würde die Nacht im Appartement verbringen. In der Ferienzeit verbrachten Carlo und Bastien ihre Nächte gern in vorübergehend unbewohnten Appartements. Vor allem Bastien mochte das.

«Wir sind Touristen», meinte er. «Die Appartements der Leute sind wie unterschiedliche Länder.»

«Sei doch still, Blödmann», entgegnete ihm Carlo.

Kurzum, morgen früh, falls sich herausstellen würde, daß Gerfaut nach Saint-Georges-de-Didonne zurückgekehrt war, würde man sich etwas einfallen lassen, zweifellos wieder runterfahren und den Mann dort abknallen müssen, wahrscheinlich mit dem Gewehr.

«Denn», so machte Carlo geltend, «ich hab die Schnauze voll von diesen Winkelzügen.»

«Das ist ein depressiver Schub», schrieb Gerfaut. «Das legt sich wieder, mach dir keine Sorgen. Ich denke, ich werde ein bißchen herumbummeln, ein bißchen auf Tourismus machen und durchs Massif Central fahren.» Erneut schloß er mit Liebesbeteuerungen. Er kündigte an, er werde «in drei, allerhöchstens vier Tagen» in Saint-Georges sein. Er klebte den Brief zu, adressierte ihn an Béa und frankierte ihn. Dann ging er hinunter, um ihn einzuwerfen. Carlo war verdutzt, ihn aus dem Haus kommen zu sehen. Gerfaut hatte den Brief in der Hand. Er legte fünfzig Meter zurück, bis zu dem Briefkasten an der Ecke des Gebäudes, in den er den Umschlag hineingleiten ließ. Kehrte zum Wohnhaus zurück und ging wieder hinein. Carlo startete, fuhr so schnell er konnte einmal um das Haus herum und hielt mit laut quietschenden Bremsen vor dem Bistro, in dem sich Bastien aufhielt. Gerfaut nahm den Lift in der Eingangshalle und fuhr hinunter ins Untergeschoß. Er stieg in den gemieteten Ford Taunus und fuhr los. Carlo machte Bastien wilde Zeichen. Der Mann mit den fahlen weißen Strähnen legte ein Fünf-Franc-Stück auf den Tresen und verließ hastig das Bistro. Der flaschengrüne Ford Taunus fuhr mit Gerfaut am Steuer aus der Garage und fädelte sich in den Verkehr ein. Bastien setzte sich neben Carlo. Sie nahmen die Verfolgung des Taunus auf.

«Der fällt mir vielleicht auf den Wecker, dieser Kerl», erklärte Carlo aufgebracht.

Es war 16 Uhr 45. Gerfaut brauste zur Porte d'Italie und schwenkte in die Auffahrt zur Autoroute du Sud.

«Aber wo will dieses Arschloch denn hin?» fragte Carlo wütend.

Es war der 2. Juli. Noch immer reisten etliche in die Ferien. Der Verkehr war zähflüssig und stockend bis Orly. Danach wurde er flüssiger, schneller und gefährlicher. Gerfaut bog nicht in die Abzweigung nach Orléans ein. Vielmehr fuhr er weiter Richtung Lyon.

«Aber das geht doch nicht, wo will der denn hin?» fragte Carlo mit echter Verzweiflung in der Stimme.

«Ich bin ganz deiner Meinung», gab Bastien von sich. «Ich denk, wir können loslegen.»

«Wir können loslegen? Was soll das heißen, ‹wir können loslegen›?»

«Schließ auf seine Höhe auf», sagte Bastien.

Carlo wurde augenblicklich ruhig. Er hob sogar leicht den Fuß vom Pedal. Der Abstand zwischen dem Lancia und dem Taunus begann sich zu vergrößern, bis er schließlich mehr als fünfhundert Meter betrug.

«Nein», meinte Carlo. «Niemals auf der Autobahn.

Das ist ein fester Grundsatz. Scheiße, mein Alter, so 'ne Autobahn ist die reinste Falle.»

«Wir könnten doch abwarten, bis wir direkt vor einer Ausfahrt sind», schlug der Mann mit den fahlen weißen Strähnen vor. «Wir knallen ihn ab und fahren dann sofort raus.»

«Genau. Und an der Ausfahrt stoßen wir dann auf Motorradbullen. Du bist wirklich dämlich!»

«Das sagst du aber nicht immer!»

«Oh, ich bitte dich, ja!»

Als es dunkel wurde, verließ Gerfaut plötzlich die Autobahn. Wegen des zähen Verkehrs in der Umgebung von Paris befanden sie sich zu dem Zeitpunkt erst in der Nähe von Mâcon. Die beiden Killer hatten noch nicht zu Abend gegessen und Gerfaut auch nicht. Der Taunus fuhr durch Mâcon und schwenkte dann nach Südosten. Seit einer Weile hatte er das Standlicht eingeschaltet. Der Lancia hatte noch gar nichts eingeschaltet. Carlo beugte den Oberkörper etwas nach vorn und kniff die Augen zusammen. Er fuhr schnell. Der Abstand zwischen Taunus und Lancia wurde kleiner. Da platzte ein Reifen des Lancia. Der italienische Wagen schlingerte von einer Straßenseite auf die andere. Carlo krallte sich, die Zähne fest aufeinandergebissen, ans Lenkrad, ohne einen Laut von sich zu geben. Bastien preßte den Kopf gegen die Kopfstütze und verschränkte die Arme vor seinem Gesicht. Der geplatzte Reifen, hinten links, schwoll an und flog in Fetzen. Seine Temperatur war sehr rasch angestiegen. Eine weiße Rauchwolke stieg hinter dem Lancia auf, und ein Geruch nach verbranntem Gummi. Als Carlo schließlich in den zweiten Gang zurückschaltete, überfuhr das Auto sachte den rechten Seitenstreifen und kam dann auf einem Lagerplatz für

Rollsplit zum Stehen. Carlo und Bastien stürzten aus dem Lancia und fluchten ausgiebig, vor allem Carlo. Sie holten den Wagenheber und das Ersatzrad heraus. In der Ferne verschwanden die Rücklichter des Taunus in einer Kurve. Bastien nahm die Taschenlampe aus dem Handschuhfach und leuchtete Carlo. Dieser wechselte das Rad in einer Minute und vierzig Sekunden.

«Laß mich ans Steuer», sagte Bastien.

Er setzte sich ans Steuer. Carlo sprang neben ihn in den Wagen. Sie schnallten ihre Sicherheitsgurte wieder an und fuhren los, ohne auch nur etwas Split aufspritzen zu lassen. Bastien war ein sehr bedachter, ein wissenschaftlicher Fahrer. Er schaltete erst sein Standlicht ein, dann das Fernlicht und fuhr so schnell wie möglich. Auf manchen geraden Strecken kam er auf 160 km/h.

«Wir müßten ihn jetzt sehen», sagte Carlo.

Sie näherten sich einer Stadt. Man sah, wie sich die Lichter gegen den schwarzen Hintergrund der Voralpen abzeichneten, die den Horizont verstellten. Links rangierte ein Güterzug. Rechts tauchte eine hell erleuchtete kleine Tankstelle auf. Der Taunus stand dort vor den Zapfsäulen. In Hemdsärmeln vor dem Wagen, massierte sich Gerfaut gerade das Kreuz, während er an einer Gitane-Filter zog. Der Tankwart war ein junger Mann mit roter Leinenmütze und eleganter Uniform. Die Tankstelle war erst vor kurzem eröffnet worden, so daß die Manieren des Tankwarts wie auch seine Kleidung noch tadellos waren. Verblüfft machte Bastien eine Vollbremsung. Der Lancia hielt mit fürchterlichem Reifengequietsche an der Ausfahrt der Tankstelle. Gerfaut drehte den Kopf und erblickte den Lancia und, durch die vordere linke Scheibe, Carlo, der ihn ansah. Gerfaut stürzte zu seinem Wagen, steckte den Arm durch das offene Fenster und zog die Star aus der Jacke. Hastig und ungeschickt entsicherte er die Halbautomatik.

«Hände hoch!» rief er ziemlich unbedarft.

Der Lancia wendete fast auf der Stelle und fuhr in verkehrter Richtung in die Ausfahrt. Er raste auf Gerfaut zu. Dieser drückte auf den Abzug der Pistole. Die Windschutzscheibe des Lancia zerplatzte. Im selben Augenblick sprang Gerfaut nach hinten, stolperte und knallte gegen einen Kaffeeautomaten und stieß sich grausam den Rücken an. Das scharlachrote Auto schoß schwankend auf ihn zu. Gerfaut rannte weg, so schnell er konnte. Der Lancia drehte ab und beschleunigte, um Gerfaut am Schaufenster des Büros zu zerquetschen. Gerfaut wirbelte herum, und der linke Scheinwerfer des Wagens erwischte ihn am Hintern und schleuderte ihn bäuchlings auf den Beton, und der Lancia schlug die Fensterfront des Büros ein. Große Glasscherben, Werkzeugtaschen, Ölkanister, Karten, Glühbirnen und Figürchen aus Gummi und Eisendraht flogen in einem fürchterlichen Getöse durcheinander.

Mit an Stirn und an Wangen haftendem Split und aufgeschürfter Nase drehte sich Gerfaut auf den Rücken. Sein Hintern tat ihm entsetzlich weh. Er hatte die Star losgelassen. Wußte nicht, wohin die Waffe gefallen war. Richtete sich auf den Ellbogen auf und sah Carlo, auf der anderen Seite, mit dem .45er S & W aus dem italienischen Wagen springen. Bastien setzte in aller Eile zurück, auf den Tankwart zu. Dieser verließ die Zapfsäule und rannte zum Büro. Carlo stand dem Tankwart im Weg. Carlo richtete seinen Revolver auf Gerfaut. Der Tankwart senkte den Kopf und prallte gegen Carlo und warf ihn mitten in die Trümmer des Schaufensters und in die Kanister, Glühlampen, Karten, Figürchen und so weiter. Der Tank des Taunus war inzwischen voll. Doch die automatische Pumpe beförderte weiterhin Superkraftstoff mit vollem Druck hinein, und der Superkraftstoff lief über und auf den Beton und floß in einer langen Spur auf Gerfaut zu.

Bastien stieg aus dem Lancia und schoß dem Tankwart mit seiner SIG-Halbautomatik in den Rücken. Der Tankwart fiel am Eingang zum Büro aufs Gesicht, zog die Knie an und versuchte, sich wieder aufzurichten. Zwischen den Trümmern des Schaufensters hockend, richtete Carlo mit beiden Händen seine .45er seitlich auf das Gesicht des Tankwarts und pustete ihm den Kopf weg.

«Scheiße, Scheiße», rief Carlo.

Gerfaut gelang es aufzustehen. Er machte drei Schritte auf den Taunus zu, da ballerte der Mann mit den fahlen weißen Strähnen auf ihn, und die Kugel aus der SIG traf Gerfaut am Schädel, er stürzte sehr hart auf den Rücken, und Blut strömte über sein Gesicht. Carlo rappelte sich hoch und rannte zum Lancia. Er setzte sich ans Lenkrad. Gerfaut bewegte sich auf dem Beton.

«Gib diesem Arschloch den Rest!» schrie Carlo.

Bastien schüttelte den Kopf, um seine fahlen weißen Strähnen zurückzuwerfen, und ging auf Gerfaut zu. Dieser zog sein Feuerzeug aus seiner Hemdtasche und setzte den Superkraftstoff in Brand. Dabei verbrannte er sich entsetzlich die Hand und den Arm. Das Feuer lief im Nu vom Feuerzeug zum Taunus. Der stand sofort in Flammen. Gerfaut sprang auf die Füße und war völlig verblüfft, noch auf den Beinen stehen und laufen zu können. Er hastete zur Straße. Als er auf die Fahrbahn gelangte, schien es ihm, als ob wieder auf ihn geschossen würde. Dann flog der Tank des Taunus in die Luft, und die Druckwelle schleuderte Gerfaut auf die andere Seite der Straße, wo er mit der Nase in fetter Erde und Blättern von Rüben oder Kartoffeln landete. Er stand abermals auf und drehte sich, unmotivierte Schreie ausstoßend, um. Er war sehr betroffen, als er den Killer mit den fahlen weißen Strähnen, die Arme weit auseinander, auf dem Beton liegen und wie eine Schaufensterpuppe brennen sah. Der Lancia, dessen Scheiben allesamt zerbrochen waren und dessen Reifen qualmten, schien plötzlich aus den Flammen aufzutauchen und erreichte mit einem Satz die Fahrbahn. Gerfaut kehrte der Feuersbrunst verzweifelt den Rücken und rannte querfeldein, wobei er sich die Knöchel in der weichen Erde verstauchte. Er lief einfach drauflos. Der Eisenbahnstrecke entgegen.

12

Gerfaut kam wieder halbwegs zu Bewußtsein und wußte nicht, ob er sich zu Hause in Paris befand oder in der Sommerfrische oder vielleicht bei Liétard. Er lag auf einem harten Boden, in einem fast völlig dunklen Raum. Schlitze fahlen Lichts waren an den Wänden zu erkennen. Ein lautes, rhythmisches Geratter drang in die Ohren des Reisenden. Er träumte, er schösse mit einer halbautomatischen Pistole auf einen Mann. Gerfaut wurde rhythmisch durchgeschüttelt. Bei näherer Überlegung befand er sich in einem Eisenbahnwaggon, einem Güterwaggon. Beruhigt schlief er wieder ein.

Dann wurde die Waggontür ein klein wenig geöffnet, gerade genug, damit das Innere zu erkennen war. Zwischen den Kisten, auf die man mit einer Schablone HANDLE WITH CARE gemalt hatte, hockte ein Typ auf den Fersen, Gerfaut direkt gegenüber. Der Typ hatte die Gestalt eines Bären oder irgendeines anderen Tieres; eines Bibers vielleicht. Er war vollständig in einen ärmellosen Regenmantel aus Wachstuch eingehüllt, besser gesagt in einen Umhang mit Kapuze, der bei Radfahrern sowohl Kopf und Rücken als auch die Beine und den großen Rucksack schützen soll. Der Typ, der Gerfaut gegenüber saß, hatte weder Fahrrad noch Rucksack. Seine Regenhaut bauschte sich wie ein Wigwam so um ihn herum auf, daß seine Statur nicht zu erkennen war. Der Typ trug außerdem eine vor Abnutzung fast grüne Melone. Er hatte ein recht junges, faltiges, von einem ungepflegten Bart verdecktes Gesicht mit verfaulten Zähnen.

Gerfaut selbst war nicht schön anzusehen. Sein Gesicht war mit Schlamm und getrocknetem Blut verschmiert. Sein Hemd am Ellbogen zerrissen, und seine Hose an Knie und Gesäß. Von Kopf bis Fuß war der Mann mit Schlamm bespritzt. Seine Schuhe steckten in einem Panzer aus Lehm. In seinem Haar klaffte ein grellroter Riß in Form eines Knopflochs, aus dem ihm ein Hautfetzen voller Haare und kleiner Klumpen von geronnenem Blut in die Stirn hing.

«Sind Sie von der SNCF*?» fragte Gerfaut.

Der Typ reagierte nicht und starrte ihn weiter grinsend an, oder vielleicht war das der normale Ausdruck seines Gesichts in Ruhestellung. Gerfaut überlegte kurz, die Frage schreiend zu wiederholen, denn vielleicht hatte der Typ ihn wegen des Lärms des noch immer fahrenden Zuges nicht verstehen können. Aber nein, das war unwahrscheinlich; und Gerfaut fühlte sich schwach; er blieb still. Plötzlich begann er in seinen Taschen zu suchen. Seine verbrannte Hand tat ihm weh. Sein ganzer Körper tat ihm weh. Seine Bewegungen wurden hektisch, während er weiterhin in seinen Taschen stöberte. Er starrte den Landstreicher empört, ungläubig und haßerfüllt an. Er machte eine Bewegung, um aufzustehen. Der Landstreicher richtete sich im gleichen Moment auf, schob eine Hälfte seines Wachstuchumhangs zur Seite und schlug Gerfaut mit einem Hammer seitlich an den Kopf. Gerfaut fiel auf die Bretter des Waggons. Abermals hatte er das Gefühl, daß ihm sein eigenes Blut über die Haut floß. Es gelang ihm nicht, sich aufzurichten. Der Landstreicher versetzte ihm zwei Fußtritte in die Rippen. Gerfaut schrie vor Wut, seine Nägel kratzten über den Bretterboden. Der Landstreicher beobachtete ihn ungerührt oder belustigt – unmöglich genau zu erkennen bei diesem verzerrten Gesicht –, den Kopf unter der Melone leicht geneigt, den rechten Arm leicht angewinkelt, etwas vom Körper weg, um den Wachstuchregenmantel aufzuhalten und jeden Moment ungehindert wieder zuschlagen zu können. Dann öffnete er mit der linken Hand die Schiebetür mit Mühe noch etwas mehr.

Gerfaut war es inzwischen gelungen, seine Lage ein wenig zu verändern. Blut rann langsam an der Linie des Unterkiefers entlang und tropfte von seinem Kinn, fiel sternförmig vor ihm auf den staubigen Bretterboden. Das alles ging sehr langsam vor sich.

«Du verfluchter Schweinehund», sagte Gerfaut. «Meine Brieftasche. Mein Geld, mein Scheckheft.»

Durch die offene Tür sah er die Wipfel von Nadelbäumen langsam vorbeiziehen. Lärchen. Das Bahngleis mußte sehr hoch liegen, oder aber es lief an einem steilen Hang entlang, da die Wipfel der Lärchen in Höhe der Tür vorbeizogen. Der Landstreicher verstaute den Hammer in seinem Gürtel, packte Gerfaut mit beiden Händen unter den Achseln, zog und schob ihn vorwärts (Gerfaut begann ungläubige Schreie auszustoßen) und stürzte ihn aus dem Waggon. Gerfauts Absatz knallte gegen die Türkante, und er schlug mit dem Bauch voran auf das Schotterbett, und der Atem blieb ihm weg. Er prallte zurück und schlug einen Purzelbaum, wie er es im Wasser getan hatte, als man versucht hatte, ihn zu ertränken, und fiel dann zwischen die Lärchen, rollte und wirbelte, auf dem Abhang immer wieder aufprallend, vierzig bis sechzig Meter weit hinunter, wobei er erneut das Bewußtsein verlor, und brach sich einen Fuß.

13

Gegen Ende des Nachmittags begann es zu regnen. Gerfaut war zu diesem Zeitpunkt mehrere Kilometer von der Eisenbahnstrecke entfernt.

Nachdem er gestürzt war, hatte seine Bewußtlosigkeit nur ein paar Minuten angedauert. Er hatte sich aufgerichtet und darüber gewundert, noch nicht tot zu sein. In Wahrheit war er nicht erstaunt. Die Ereignisse jener letzten Tage, die einer sorglosen Kindheit und einer von gelungenem sozialen Aufstieg und Erfolg geprägten Jugend gefolgt waren, hatten ihn mehr oder weniger davon überzeugt, daß er unzerstörbar sei. Doch in dieser so unwahrscheinlichen Situation, in die er durch diese neuen, abenteuerlichen Entwicklungen gelangt war, schien es ihm angemessen und erhebend, sich darüber zu wundern, noch am Leben zu sein. Das Bild, das er von sich selbst hatte, orientierte sich an einem Kriminalroman, den er vor zehn Jahren gelesen hatte, und an einem simplen, verschrobenen wie metaphysischen Western, den er im vergangenen Herbst im «Olympic» gesehen hatte. Die Titel hatte er vergessen. In dem einen übte ein Mann, der von einem Gangsterboß aus dem Milieu greulich entstellt und für tot gehalten worden war, schließlich grauenhaft Rache an diesem Gangsterboß und seinen Handlangern. Im anderen war Richard Harris ganz ähnlich von John Huston für tot gehalten und zurückgelassen worden und überlebte mitten in der Wildnis, voller Haß auf Gott und mit den Wölfen um seinen Fraß kämpfend.

Gerfaut schauderte bei dem Gedanken, mit wilden Tieren um seinen Fraß kämpfen zu müssen.

Nachdem er wieder zur Besinnung gekommen war und sich aufgerichtet hatte, lehnte er sich zunächst einmal mit dem Rücken gegen den Stamm einer Lärche und tastete sich mit sehr viel unnötiger Behutsamkeit ab. Sein linker Fuß schmerzte. Sich an dem Stamm abstützend, rappelte sich Gerfaut auf. Sein Fuß knickte unter ihm weg, und er glitt erneut zu Boden, wobei er sich die Handflächen an der Baumrinde aufschürfte. Beim zweiten Versuch ging es besser. Er drückte sich von dem Stamm ab, an dem er gelehnt hatte, und hüpfte vier ruckartige, gewagte Schritte, um einen anderen Stamm, drei Meter entfernt, in die Arme zu schließen. Er verspürte einen heftigen Schmerz im Spann, doch komischerweise schien der beim Gehen eher nachzulassen. Sein Fuß neigte nur dazu, sich schmerzhaft unter ihm zu verdrehen. Dennoch kam Gerfaut, von Stamm zu Stamm, relativ leicht vorwärts.

Das Gefälle half ihm. Zunächst hatte er zur Eisenbahnstrecke zurückkehren wollen, in der Absicht, dem nächsten Zug, der vorbeikam, zu winken oder vielleicht den Gleisen bis zum nächsten Bahnhof zu folgen. Hatte es aber aufgeben müssen, den steilen Hang hinaufzuklettern. Also stieg er hinunter. Je weiter man nach unten kommt, desto größer werden die Chancen, auf menschliche Behausungen zu treffen, in der Regel zumindest.

Von Stamm zu Stamm überquerte er ein abschüssiges Gelände, auf dem zarte dunkle Gräser und Moose wuchsen, und manchmal auch etwas Mannsschild, Leimkraut, Hauswurz. Die Lärchennadeln waren rutschig, und zahlreiche kleine Schluchten im Hang, bedeckt von rötlicher, mit Kies übersäter Erde, behinderten ebenfalls das Vorwärtskommen. Gerfaut fiel häufig hin. Um der Richtung zu folgen, die er gewählt hatte, mußte er seinen verletzten Fuß zum Tal hin aufsetzen, was sehr unbequem war.

Die Luft war frisch und kalt. Durch den Wald zogen säuselnde und lebhafte Brisen. Ein paar Vögel flogen in kurzen und präzisen Bahnen auf halber Höhe des Hochwalds umher. Als er einmal kurz aufblickte, entdeckte Gerfaut zwischen den pistaziengrünen Wipfeln einen größeren Vogel, der am mittlerweile grauen Himmel schwebte. Dabei fiel der Mann ein weiteres Mal auf die Schnauze und rutschte holpernd und fluchend auf seinem Hintern eine der kleinen Schluchten hinunter. Unten angekommen, stieß er sich den Knöchel heftig an einer Wurzel und hätte fast geweint. Er stand wieder auf und glaubte sich nun endgültig erledigt, als er sah, wohin ihn seine Rutschpartie gebracht hatte.

Er hatte nämlich durch seine vielen Abstiege den Grund einer kleinen schlammigen Schlucht erreicht, die angefüllt war mit Pflanzenresten in den unterschiedlichsten Stadien der Verrottung. Falls es in dieser Höhe Wildschweine gab, was Gerfaut bezweifelte, war diese Stelle eine Suhle. Wenn der Mann gleich in welche Richtung vorankommen wollte, mußte er wieder hochsteigen.

Er unternahm mehrere erfolglose Versuche, die zu lächerlichen und schmerzhaften Stürzen führten. Schließlich kam ihm die Idee hochzukriechen, indem er sich mit seinen Fingern in die Erde krallte. Er überwand eine kurze Steigung und gelangte in eine völlig andere, sehr entmutigende Landschaft. Hier waren nur noch schroffe Felsvorsprünge, Granitausbrüche, von Blitzen oder Lawinen gefällte, kreuz und quer durcheinander liegende Baumstämme, schwindelerregende Überhänge. Vom Plastischen her betrachtet sehr romantisch. Von Gerfauts Standpunkt aus jedoch völlige Scheiße.

Er hatte seinen Weg auf dem Bauch fortgesetzt, mit nachlassender Energie. Der Himmel dort oben wurde dunkler. Schließlich begann es zu regnen.

Es regnete lange und kräftig. Ein gelbliches Wasser stürzte die roten Schluchten hinab. Gerfaut schleppte sich zu einem Chaos aus entwurzelten Bäumen. Er rollte sich zusammen und schlug seinen Hemdkragen hoch. Das Wasser floß zwischen den Stämmen durch, machte seine Kleidung naß. Es war kalt. Gerfaut begann leise zu weinen. Die Nacht brach herein.

Als am nächsten Tag der Morgen graute, schlief der Mann erst seit kurzer Zeit. Die Angst und das genußvolle Grübeln über sein Elend hatten ihn lange wachgehalten. Die Schauer waren in kurzen Abständen aufeinandergefolgt. Zwischen zwei Regengüssen lief das Wasser auch weiterhin den Abhang hinunter, tropfte aus dem Astwerk, floß in den Baumverhau und durchweichte Gerfaut. Als er die Augen wieder aufschlug, schien es ihm, als habe er sie gerade erst geschlossen. Er klapperte mit den Zähnen. Seine schmutzige Stirn glühte. Er betastete seinen verletzten Fuß und fand, daß er noch angeschwollener war und mehr schmerzte als am Tag zuvor. Mühsam zog er seinen von hartem Schlamm verkrusteten Straßenschuh aus. Seine dünne Baumwollsocke zerriß an der Ferse und am Spann, als er sie abstreifte. Gerfaut betrachtete mit morbider Genugtuung das geschwollene und malvenfarbene Fleisch sowie die beachtliche, gefährliche und harte Beule, die sich im vorderen Bereich und an der Seite gebildet hatte. Seinen Schuh konnte er danach nicht wieder anziehen, auch nicht, nachdem er den Schnürsenkel herausgerissen hatte, den er mit aller Kraft wegwarf und der weniger als zwei Meter entfernt im Schlamm landete. Er wollte auf seine Uhr schauen, die er den Streikenden von Lip* abgekauft hatte und die schlecht funktionierte, und stellte fest, daß er sie nicht mehr besaß. Er erinnerte sich, diese Feststellung bereits am Vorabend, kurz nachdem er aus dem Zug gefallen war, gemacht zu haben.

Die Wolken bildeten kein einförmiges und dunkles Gewölbe mehr. Sie hatten an Höhe verloren und waren am Berg aufgerissen. Gerfaut sah einige, die weiß und weich unterhalb von ihm vorbeizogen, und glaubte sich in zwei- oder dreitausend Meter Höhe. Auf allen vieren verließ er den Verhau. Fünf oder sechs Minuten lang bewegte er sich ungestüm vorwärts, dem Schmerz gegenüber unempfindlich. Er knurrte wie ein Tier, nicht ohne Gefallen daran.

Diese kurze Anstrengung erschöpfte ihn völlig. Von nun an gönnte er sich lange Verschnaufpausen, zwischen denen er sechs oder sieben Meter vorwärts kam. Das Wetter war inzwischen schön geworden. Hier waren die Lärchen spärlicher. Die Sonne schien wie verrückt. Dunst stieg zwischen den Bäumen auf. Eine Menge Insekten schwirrte herum. Bald wurde es recht heiß. Gerfaut glühte vor Fieber. Die ganze Sache erschien ihm mittlerweile keineswegs mehr wie im Roman.

Da der Tag verging, ohne irgend etwas Neues zu bringen, wurde der Mann wirklich ernst. Er schmiedete Pläne, um lange Zeit allein überleben zu können. Machte eine Bestandsaufnahme seiner Besitztümer, die sich auf ein verdrecktes Taschentuch, die Schlüssel seiner Wohnung in Paris, ein Stückchen kariertes Papier, auf dem die Telefonnummer der Filmstudios LTC in Saint-Cloud stand, sowie auf sechs aufgeweichte Gitanes-Filter in einer halb zerquetschten Schachtel beschränkten. Kein Feuerzeug, nichts, um Feuer zu machen, keine Waffen, nichts zu essen. Dennoch fand Gerfaut neuen Schwung. Er kam an den niedrigsten und halb abgebrochenen Ast eines Baumes heran, riß ihn vollständig ab und benutzte ihn als Krücke. Dadurch konnte er sich wieder aufrecht vorwärts bewegen und eine Geschwindigkeit von 4 km/h erreichen. Er erwog und verwarf den Gedanken wieder, nach Honig sammelnden Bienen Ausschau zu halten, ihnen zu folgen, sich zum Stock zu schleppen, den Schwarm auf die eine oder andere Weise zu vertreiben und den Honig zu verputzen. Er meinte, daß er unzählige Stiche erleiden würde und dann endgültig außer Gefecht wäre, selbst wenn er nicht daran krepieren müßte. Außerdem waren keine Bienen da.

Um ganz sicher zu gehen, probierte er viele der Pflanzen, die er fand, da sie sich als eßbar erweisen könnten. Doch sie waren alle mehlig oder aber sehr bitter.

Einmal, Gerfaut saß auf dem Boden, warf er ein kleines Stück Granit in die Luft, in der Hoffnung, einem braun gesprenkelten Vogel, der sich an einen Stamm klammerte und diesen anpickte, den Kopf zu zerschmettern. Er verfehlte sein Ziel um einiges, und das Tierchen war nicht einmal erschreckt. Gerfaut unternahm keinen weiteren Versuch.

Die Sonne war gesunken, es mußte so in etwa fünf oder sechs Uhr abends sein, als Gerfaut, der zwar noch immer auf den Beinen stand, sich aber nur noch mit einer Geschwindigkeit von weniger als 2 km/h fortbewegte, auf eine offene Wiese stieß. Er hatte schon zwei oder drei überquert, die jedoch kleiner gewesen waren; die verfluchten Lärchen hatten nur für dreißig, höchstens fünfzig Meter aufgehört, aber weiterhin die Sicht versperrt. Jetzt war es anders: Noch bevor er die Lichtung erreicht hatte, sah er zwischen den Stämmen das zarte Gras, das sich über mehr als hundert Meter erstreckte, bis zu einer sanften Kuppe. Jenseits davon hatte man rundherum freie Sicht auf ein Trogtal, umgeben von mächtigen bewaldeten Hügeln, das sich erst in acht oder zehn Kilometern mit einem flachen Paß wieder schloß. An einem der Hänge des Tals war zu erkennen, daß Holz geschlagen worden war. Weiter oben, dort wo der Baumbestand endete, ein heller Tupfer: wahrscheinlich eine Schutzhütte für Ausflügler oder ein Kuhstall.

Gerfaut verlor sofort das Gefühl, inmitten von Tausenden Kilometern Wildnis verloren zu sein. Er eilte auf die Kuppe zu, die ihm den Blick in das Tal verstellte. Mit jedem neuen Schritt entdeckte er begeistert Fußwege und weitere Holzeinschlagflächen und weitere Kuhställe auf den Gipfeln.

Er erreichte den Rand der Wiese und ein freudiges Grunzen drang aus seiner Kehle. Zu seinen Füßen entdeckte er einen tiefblauen kleinen See und einen recht beachtlichen kleinen Marktflecken, mehr als zwei Dutzend schiefergedeckte Gebäude, Einfriedungen, Mäuerchen, Wege und andere ziemlich geradlinige und schillernde Spuren, die wahrscheinlich irgendwelche riesigen Abflußrinnen sein mußten, um das Wasser von den Gipfeln zu kanalisieren. Gerfaut streckte sich langsam und schwerfällig auf dem Bauch aus, um das Gras abzulekken und über seine Rettung nachzusinnen.

Eine gute Minute brauchte er, bis er endlich begriff, daß er noch lange nicht am Ziel war, und die Entfernung abschätzte, die ihn vom Grund des Tales trennte. In Luftlinie vielleicht ein oder zwei Kilometer. Zu Fuß vielleicht fünf- oder zehnmal soviel.

Völlig genervt ruhte er sich eine Weile aus. Dann hatte er Angst, hier einzuschlafen und zu sterben, klammerte sich an seine komische Krücke und stand wieder auf. Er machte sich erneut auf den Weg. Um weiter in Richtung Ortschaft hinunterzusteigen, mußte er sich abermals ins Dickicht schlagen. Das Dorf verschwand. Nach einer Viertelstunde zögernden Vorankommens, spürte Gerfaut plötzlich, wie ihm ein Anflug von Furcht die Kehle und den leeren Magen zuschnürte, bei dem Gedanken, daß er die Ortschaft niemals finden oder eine ganze Woche Marsch dafür benötigen würde.

Die Nacht brach herein, die zweite, seit er aus dem Zug geworfen worden war. Er versuchte, seinen Weg in der Dunkelheit fortzusetzen. Stieß sich an den Bäumen und weinte. Nach zwei Stürzen gab er auf. Er war sehr müde. Er schlief augenblicklich ein. Am Morgen wurde er von einem portugiesischen Holzfäller gefunden.

14

Um zwei Uhr nachts, während Gerfaut wie ein Toter schlief, wurde auf RTL gemeldet, man habe den Taunus identifiziert, den ein gewisser Georges Gerfaut, ein leitender Angestellter aus Paris, am Tage des Dramas gemietet habe, seither sei Gerfaut verschwunden. Man möge sich erinnern, so wurde gesagt, daß ein Tankstellenpächter und ein weiterer Mann, dessen Identität nach wie vor ungeklärt bleibe, an jenem Abend des 2. Juli getötet worden seien. Der Moderator hatte eine neutrale und gedämpfte Stimme, wie er sie nachts auf RTL immer hat. Im selben Ton sprach er noch vom Nahen Osten, von einem Attentat auf die Botschaft Jugoslawiens in Paris, einem Badeunfall in der Loire (zwei Kinder einer Ferienkolonie und ein Priester, der sie beaufsichtigt und zu retten versucht hatte, waren dabei ums Leben gekommen). Dann kam die Werbung für ein von RTL ausgerichtetes Konzert. Dann folgte die Erkennungsmelodie der Sendung, und man hörte Leonard Cohen.

Es war heiß. Lediglich mit einer großen weißen Unterhose im Shortschnitt und weißen Socken bekleidet, saß Carlo am Tisch eines Zimmers im Hotel PLM-Saint-

Jacques*. Er sah abgespannt aus und hatte rote Augen, wie ein Mann, der viel geweint hat. Er hockte reglos da und zeigte keinerlei Reaktionen, während die Nachrichten verlesen wurden. Gleichzeitig machte er, an den Tisch geklammert, isometrische Muskelübungen.

Nach dem Brand der Tankstelle und Bastiens Tod war Carlo völlig kopflos und ganz krank vor Zorn und Kummer einfach drauflos gefahren. In unmittelbarer Nähe von Bourg-en-Bresse angekommen, hatte er gehalten, um eine provisorische Windschutzscheibe, eine flexible, von Klammern gehaltene Plastikfolie, einzusetzen. Er hatte nachgedacht und Straßenkarten zu Rate gezogen. Hatte sich auf den Weg zurück nach Paris gemacht und es vermieden, nochmals an der Tankstelle vorbeizukommen, wo es zu jenem Zeitpunkt von Feuerwehrleuten und Flics nur so wimmeln mußte. Er war wieder auf die Autobahn gestoßen und ausschließlich auf der rechten Spur gefahren, ohne je 70 Stundenkilometer zu überschreiten. Er hatte so gegen fünf Uhr in der Frühe die Autobahn bei Achères-la-Forêt verlassen. Irgendwo im Wald von Fontainebleau war er dann von der Straße abgebogen und hatte an einer geschützten Stelle geparkt. Da er Bastiens Leichnam nicht so bestatten konnte, wie er es gern getan hätte, hatte er dessen persönliche Sachen aus der Metallkiste geholt und bestattet: die dünne Nylonschnur, den Toilettenbeutel, die Kleidungsstücke. Der Anblick von Bastiens khakifarbenem Slip zum Wechseln hatte ihn zu Tränen gerührt. Und die Tränen rannen ihm über die Wangen, während er die Beisetzung jener Habseligkeiten zu Ende brachte und die weiche Erde mit den Füßen feststampfte, um sie einzuebnen. Anschließend hatte er nach Worten gesucht, die er statt einer Leichenpredigt über dem Pseudograb sprechen konnte. Er wußte kein Gebet mehr, bis auf das Vaterunser. Auf dem Boden des Lancia fand er eine Nummer von *Spider-Man*, dem Spinnenmann (den man nicht mit Spider, der Spinne, verwechseln darf, deren Abenteuer in *Strange* erscheinen). Carlos Gesicht hellte sich auf. Er kehrte zum Grab zurück und schlug dabei das Heft auf und begann mit gestelzter Würde den Text des Vorsatzblattes zu lesen, der immer derselbe ist und jedem Abenteuer Spider-Mans vorausgeht.

«Bevor Spider-Man, der Spinnenmann, zum Weltverbesserer und gnadenlosen Rächer wurde», las Carlo, «herrschte er jahrelang über die Unterwelt der Vereinigten Staaten als ein wahrer Kaiser des Verbrechens. Spider-Man selbst hat eine geniale Ausrüstung entwikkelt, die ihm erlaubt, ausnahmslos jeder Gangsterbande die Stirn zu bieten. Überdies hat sich der Spinnenmann auch die Mitarbeit zweier Wissenschaftler, der Professoren Pelham und Erichstein, gesichert. Somit verfügt er über vielfältige technische Mittel, welche das menschliche Hirn sich kaum vorzustellen vermag.»

Carlo senkte den Kopf, schlug das Heft wieder zu und sammelte sich kurz.

«Amen», sagte er. «So sei es. Ich werde dich rächen, das schwöre ich. Ich werd diesem Blödmann den Arsch aufreißen. *Ite missa est.*»

Er ging zurück zum Lancia, startete wieder, fuhr wieder auf die Straße. Und kehrte nach Paris zurück, durch die Banlieues, ohne Eile, mit einer kurzen Pause in einem Bistro von Viroflay, um einen Kaffee zu trinken und sechs Croissants zu verschlingen. Der Kaffee lief ihm übers Kinn, während er in die Croissants biß.

Um 9 Uhr verkaufte Carlo den Lancia in einer ihm bekannten Werkstatt an der Grenze von Meudon zu Issy-les-Moulineaux. Er hätte ihn ohne weiteres reparieren lassen können, die Schäden waren nicht gravierend. Doch er verkaufte ihn lieber mit Verlust, er wollte dieses Auto, das ihn zu sehr an sein Leben mit Bastien, an ihre glückliche Partnerschaft erinnerte, einfach nicht mehr sehen. Unmittelbar darauf erwarb er ein schlichtes Peugeot 504 Coupé von 1973, mit 110 PS bei 5600 Umdrehungen/Minute, das bei Bedarf auf 175 km/h kam, und dazu einen Satz echter als echte Papiere auf den Namen Edmond Bron.

Anschließend war er nach Paris zurückgekehrt, wobei er, ohne es zu wissen, an jenem Fotogeschäft vorbeikam, das Liétard beim Rathaus von Issy führt, und hatte sich im Hotel PLM-Saint-Jacques häuslich eingerichtet. Seither hatte er sich dort nicht mehr weggerührt. Er schlief dort, aß dort, fuhr einmal hinunter, um sich in dem Kino, das sich unten im Gebäude befindet, einen Film anzuschauen, machte in seinem Zimmer Krafttraining, ob nun isometrische oder andere Übungen, und vor allem trauerte er dort um Bastien. Er wartete, daß sich die Wogen glätteten.

15

In Wahrheit war es ein ganzes Lager mit portugiesischen Holzfällern, das sich weniger als fünfzig Meter entfernt von Gerfaut befand, als dieser Halt gemacht hatte und eingeschlafen war. Nur wenige Schritte noch, und vielleicht wäre er auf sie gestoßen; allerdings hätte er in der Dunkelheit auch an ihnen vorbeilaufen können, ohne sie zu sehen.

Der Portugiese, der Gerfaut aufspürte, hatte sich gegen 5 Uhr 45 nur wenig von dem Lager entfernt, um zu pinkeln oder zu irgendeinem anderen Zweck. Der Mann war groß, kräftig, sehr dunkel vom Typ her, mit matter Haut, großen gelben Zähnen, und er trug eine dunkelgraue Hose mit Fischgrätenmuster und einen zu kleinen, an den Ellbogen gestopften Jacquardpullover von schlechter Qualität: Ursprünglich weiß mit rotem Muster, hatte er sich durch häufiges Waschen gelblich-rosa verfärbt. Auf dem Kopf hatte der Portugiese eine große schwarze Baskenmütze. Er näherte sich Gerfaut, um ihn genau zu betrachten, und der schlug im selben Moment die Augen auf und erwiderte seinen Blick.

«Bonj'rr!» meinte der Portugiese, die Silben unbeholfen ausstoßend, und er leckte sich die Lippen und lächelte.

Gerfaut erwiderte den Gruß und versuchte aufzustehen. Er fiel zurück. Er fühlte sich äußerst schwach, krank und müde.

«Etwas zu trinken», murmelte er.

«Ah ja», sagte der Portugiese. «Ganze Nacht da schlafen, ha?» (Er zeigte auf den Boden.) «Sehr koit.»

«Was?»

«Koit! Sehr koit! Nicht warm», verdeutlichte er, da Gerfaut ratlos wirkte. «*Vinho*, ha?»

«*Vino, si*», entgegnete Gerfaut und nickte heftig. «*Habla Español*?» (Der Holzfäller machte eine unbestimmte Geste). «*Yo: perdido. Muy malo*. Kalt.» (Ja koit, bemerkte der andere.) «Hatschi», meinte Gerfaut in erläuternder Absicht, und versuchte mit einer Bewegung eine Bronchitis zu veranschaulichen, was nicht so schwierig ist, wie man glauben könnte.

Der Portugiese half ihm, aufzustehen und zum Lager zu gehen. Immer noch davon überzeugt, daß sein Gesprächspartner Spanisch verstand, überhäufte Gerfaut ihn auf dem kurzen Weg unnötigerweise mit Ausrufen wie *Que mala suerte* und *Que barbaridad*, wobei er auf seinen geschwollenen Fuß und seine blutverkrustete Stirn wies.

Die Holzfäller waren zu acht. Sie lagerten unter einer großen, auf Pfählen gespannten Plane. Hatten scheußliche, total verdreckte Decken und Unterlagen aus Reisig und Laub. Sie verfügten über altbackenes Brot, etwas algerischen Wein, Käse, schlechten Kaffee, mehrere große Säcke Hülsenfrüchte und drei Zeitschriften voller obszöner Fotos. Sie waren mit Äxten und Sägen und zwei Homelite-Kettensägen ausgerüstet. Sie hielten sich illegal in Frankreich auf, hatten keinerlei Sozialversicherung und bekamen etwas mehr als die Hälfte des gesetzlichen Mindestlohns für eine Arbeit von sechzig bis siebzig Stunden pro Woche. Die Männer gaben Gerfaut Brot und Erbsensuppe und anschließend zwei in Wein aufgelöste Aspirintabletten. Sie wußten nicht, was sie mit ihm anfangen sollten. Da er fürchterlich zitterte und schwitzte, wickelten sie ihn in zwei übelriechende Dekken ein.

«Jemand kommt her», erklärte derjenige der Holzfäller, der am besten Französisch sprach.

Dann nahmen sie ihre Äxte, ihre Sägen und ihre Kettensägen und verschwanden zwischen den Bäumen. Das Morgenlicht war recht schön, für die, die so was mögen. Bronchitis hin, geschwollener Fuß her, Gerfaut wäre körperlich vielleicht in der Lage gewesen, seinen Weg zum Talgrund fortzusetzen, und er dachte daran, es zu tun, nachdem die Holzfäller mehr als zwei Stunden fort waren. Doch seine innere Kraft war im Moment gebrochen, seit man ihn gefunden, seit man sich seiner angenommen hatte.

Während er auf die Zeit des Mittagessens wartete und dabei die Ohren spitzte, um den fernen Lärm der Motorsägen zu hören, und außerstande war zu bestimmen, ob er tatsächlich diesen Lärm hörte oder ob es nur der Wind in den Bäumen war, kroch er über den Waldboden und griff nach den schlüpfrigen Zeitschriften. Der Text war in Englisch und äußerst schlicht, vom literarischen Gesichtspunkt aus betrachtet – und selbst vom phantasmatischen her. Was die Fotografien betraf, so bildeten sie sehr fleischige Frauen mit ordinären und brutalen Gesichtern ab. Gerfauts Geschmack zog ihn doch eher zu mehr Subtilität hin, zu spindeldürren Frauen mit hohlen Wangen, sofern er ihn überhaupt zu irgend etwas hinzog. Er las die Leserbriefe. Ein einziger großer Disput belebte diese Kolumne und entzweite die Liebhaber dicker Brüste und die dicker Hintern. Gerfaut erschien dieser Disput müßig. Er langweilte sich schrecklich.

Gegen 10 Uhr 30 hatte er die Zeitschriften weit von sich geworfen und fühlte sich unendlich elend und krank, beinahe wie im Sterben liegend, als einer der Portugiesen in Begleitung eines alten Mannes mit Hut wieder erschien. Der Alte hatte langes weißes Haar, das ihm bis auf die Schultern, bis auf seine kastanienbraune Breitkordjacke fiel. Er brummte einen Gruß vor sich hin und kniete sich neben Gerfaut. Er schlug die Decken beiseite, die den Kranken einhüllten, krempelte ihm das linke Hosenbein hoch, untersuchte und betastete lange den verletzten Fuß.

«Sprechen Sie Französisch? Wer sind Sie?» fragte Gerfaut vergebens.

Der Alte tastete mit der konzentrierten Miene eines Trüffelschweins weiter.

«Aber sagen Sie doch wenigstens was!» rief Gerfaut, von Besorgnis und Verwirrung gepackt, schwach aus. «Ich bin hier doch in Frankreich, ja? Das hier sind doch die Alpen, oder?»

Der Alte krallte die Finger in das entzündete Fleisch und übte eine kräftige Drehbewegung aus. Gerfaut stieß einen Schrei aus. Tränen schossen ihm aus den zusammengekniffenen Lidern, spritzten förmlich auf seine schmutzige und bärtige Visage, seine entblößten Zähne knirschten. Er löste die Ellbogen vom Boden, um nach seinem Knöchel zu greifen. Der Alte stieß ihn zurück. Gerfaut fiel auf den Rücken, lag nun völlig ausgestreckt da. Gleichzeitig zog der Alte aus seiner Jackentasche eine Nescafé-Blechdose und öffnete sie; sie enthielt eine zähe gelbe Paste; Gerfaut vermutete, daß es sich um Radachsenschmiere handelte. Der Alte nahm eine ganze Handvoll davon und verteilte sie auf Gerfauts Spann, um diesen gleich darauf kräftig zu massieren.

«Ja, Sie sind in den Alpen», sagte er. «Ja, Sie sind in Frankreich. Wo denken sie hin! Sie sind im Massif de la Vanoise*, ja.»

«Sind Sie ein Knochenklempner?»

«Das Wort mag ich überhaupt nicht. Ich bin Sanitäter. Was ist Ihnen denn zugestoßen? Tourist, wie? Man sollte nicht über Berg und Tal rennen, wenn man schwache Füße hat.» (Er wickelte ein Stück Tuch um Gerfauts Spann und machte dann eine elastische Binde darum.)

«Ich bin aus einem Zug gefallen.»

«Ich hab den Knochen wieder gerichtet», sagte der Alte. «Ich bin Caporal Raguse. Was für ein Zug? Wie ist Ihr Name?»

«Georges», antwortete Gerfaut. «Georges Sorel*», fügte er hastig hinzu. «Ich bin aus einem Güterzug gefallen, neulich Nacht. Ich bin ein Vagabund. Verstehen Sie? Ein Landstreicher. Kein Eisenbahner, der Züge führt, sondern ein Landstreicher, der in Zügen mitfährt, ein Vagabund halt, nicht wahr.» (Durch die Anstrengung war er außer Atem.)

Der Obergefreite Raguse richtete sich wieder auf, wischte sich die Hände an einem violett karierten Taschentuch ab. Dann machte er sich daran, all die Dinge, die er aus seinen Taschen herausgeholt hatte, wieder wegzupacken, die Dose Salbe und die Verpackungen des Tuchs und der elastischen Binde, ebenfalls Metalldosen, länglich und flach, oxydiert und mit Scharnierdeckeln verschlossen.

«Bis morgen dürfen Sie sich überhaupt nicht bewegen. Die Portugiesen werden sich um Sie kümmern. Sind anständige Kerle. Morgen früh komm ich mit einem Maultier.»

«Noch eine Nacht hier? Aber ich bin doch krank», sagte Gerfaut.

«Aber nein», erwiderte Raguse. «Trinken Sie Wein.»

«Ich hab kein Geld.»

«Ich mach das nicht für Geld», meinte der Alte. «Ich mach das, um meinem Nächsten zu helfen.»

16

Caporal Raguse war schon seit langem kein Soldat mehr und im übrigen auch nie Obergefreiter, er hatte noch gerade so am Krieg teilgenommen. Noch zu jung für den ersten Weltkrieg, war er beim zweiten schon beinahe zu alt. Während des sechsmonatigen Wartens auf einen recht unwahrscheinlichen italienischen Angriff hatte er sich einige Fähigkeiten als Krankenpfleger und Maultiertreiber erworben. Schüsse abgefeuert hatte er erst unter der deutschen Besatzung, und selbst da nicht oft auf Menschen. Das gekalkte Zimmer, in dem er Gerfaut unterbrachte, nachdem er ihn mit dem Maultier abgeholt hatte, schmückte merkwürdigerweise sowohl ein Portrait Stalins als auch eins von Louis Pasteur (letzteres war in Wirklichkeit eine Fotografie von Sacha Guitry, in seiner Rolle als Louis Pasteur in einem Film.) Gerfaut mußte darin eine Woche lang das Bett hüten. Dabei las er die sonderbaren Witze im *Almanach Vermot*, *Das Leben der Ameisen* von Maeterlink und die erstaunliche Biographie eines gewissen Pater Bourbaki, seines Zeichens Missionar und Flieger. Gerfauts Phantasie wurde besonders von jenen Seiten angeregt, in denen der blutrünstige Gottesmann, zwischen zwei Massakern der Deutschen, der *Alboches**, versucht, das Problem zu lösen, das ihm sein Fähnchen aufgibt. Dieser Wimpel, blau-weiß-rot, verziert mit dem Herz Jesu, an den Verspannungsdrähten des Aeroplan dieses Kriegspfaffen befestigt, zerreißt andauernd, weil er der Geschwindigkeit nicht standhält. Eine Glimmerscheibe brachte die glückliche Lösung. Der Rest des Buches, voller lepröser Neger, ist ermüdend.

Raguse hatte Gerfaut einen Gips angelegt und brachte ihm in den ersten Tagen sein Essen: morgens dünnen Kaffee, Frischkäse und einen grauenhaften Schnaps, auf der Grundlage von verrotteten Früchten, vor allem Birnen und Quitten, den der ehemalige Sanitäter selbst destillierte; mittags und abends Suppe und Brot, mit riesigen ranzigen Fettaugen gespickte Salami, Käse, manchmal Makrelen in Weißwein aus langen schmalen Konservendosen, und sauren hellen Rotwein.

«Sie müssen essen, Sorel», sagte der Caporal. «Sie müssen zu Kräften kommen. Ihr Gewebe muß sich regenerieren.»

Schon nach kurzer Zeit konnte Gerfaut von seinem Zimmer zu dem Tisch im Wohnraum humpeln. Das Haus von Raguse, abseits des Dorfes, war ohne Mörtel aus aufeinandergeschichteten Steinen in den Hang gebaut und mit Schiefer eingedeckt. Der Verputz aus Lehm und Sand im Innern war gekalkt. Auf dem Dach lagen dicke Granitbrocken, die die Schieferplatten daran hinderten, bei stürmischem Wind davonzufliegen. Es gab kein Obergeschoß im eigentlichen Sinne, doch wegen des Gefälles war unter dem Haus Platz für einen Lagerraum und einen zum Tal hin gehenden Stall, wo Raguse seine Flaschen, Vorräte, den Destillierkolben und seinen Maulesel untergebracht hatte. Darüber lagen der große

Wohnraum mit einem großen Kamin und einem Spülstein aus Basalt sowie zwei Zimmer. Die Räume hatten kleine Fenster mit kleinen Scheiben und kleinen Holzläden mit herzförmigen Ausschnitten.

«Ich hab sofort gesehen, daß du kein richtiger Landstreicher bist», meinte Raguse, den Mund voller Käse, während er Wein einschenkte. (Sie saßen gerade beim Mittagessen. Der massive Tisch war von einer glänzenden Schmutzschicht überzogen. Glut zischte im Kamin. Gerfauts untere Gesichtspartie war von einem ungepflegten blonden Bart bedeckt. Sein verletztes Bein blieb weiterhin schwach. Die Wunde in seinen blonden Haaren war vernarbt, die Stelle aber würde bis zu Gerfauts Tod von einem «Knopfloch» mit weißen Stoppeln gezeichnet sein.)

«Ich hab meine Frau sitzenlassen», entgegnete Gerfaut. «So, jetzt ist's raus. Das hab ich getan.»

«Das will ich gar nicht wissen. Komm mit.»

Den Mund noch immer voller Käse und seinen Filzhut auf dem Kopf, stand der Alte brummend auf, klappte sein Opinel-Taschenmesser mit einem guillotinemäßigen Schnappen zu und verstaute es in seiner Jackentasche. Er ging zu seinem Schlafzimmer. Verdutzt hatte Gerfaut sich ebenfalls erhoben und leerte eilig sein Glas.

«Kannst du schießen, Sorel?»

«Was?»

«Schießen», wiederholte Raguse und trat über die Türschwelle.

Gerfaut folgte ihm in den Raum. Dies war das erste Mal, daß er das Zimmer von Raguse betrat. Es unterschied sich kaum von dem, das er selbst bewohnte. Alte Möbel, Eisenbett. Ein Kalender von der Post, bebildert mit einer Ansicht der Champs-Elysées bei Nacht. An einem Brett eine Peilantenne (obwohl es doch nirgendwo im ganzen Haus einen Radioempfänger gab), geschmückt mit einem scheußlich kolorierten Portrait der Schauspielerin Martine Carol. Eine große Truhe. Ein Schrank. Ein Waffengestell, in dem sich eine Bockbüchse von Falcor, eine Charlin und eine Weatherby Mark V mit Imperial-Zielfernrohr befanden. Raguse hängte die Weatherby ab.

«Wir werden ja sehen», sagte er.

«Ich bin kein Gangster auf der Flucht, wenn es das ist, was Sie im Hinterkopf haben», meinte Gerfaut.

«Ich weiß, mein Junge.»

Er hatte inzwischen die Truhe geöffnet und Munition herausgeholt; er lud die Repetierbüchse. Als er damit fertig war, griff er noch einmal in die Truhe, in der zusammengefaltete Stoffe, verrostete Dosen, Hüllen und Werkzeug zu sehen waren, und zog ein Fernglas heraus. Sie verließen das Zimmer und anschließend das Haus. Gerfaut humpelte mit seinem Gips. Die Sonne machte ihn schwindelig. Raguse ging ein paar Schritte und zeigte auf den Grashang, der hinter dem Haus zum Wald hin anstieg. Er kniff die Lider zusammen. Seine schwarzen Augen verschwanden fast vollständig hinter den Hautfalten. Sein Gesicht hatte einen verdrossenen und gequälten Ausdruck angenommen.

«Da muß eine leere Erbsendose auf einem Pflock sein, so hundert Meter von hier. Siehst du sie, mein Junge?»

«Nein. Ah, doch, vielleicht ...»

Raguse drückte Gerfaut die Repetierbüchse in die Hände.

«Gib acht, daß niemand in der Nähe ist, und dann schießt du drauf.»

Der Alte setzte sein Fernglas an die Augen. Er kümmerte sich nicht mehr um Gerfaut. Dieser fühlte sich unbehaglich, als er ungeschickt anlegte. Im Zielfernrohr konnte er die Erbsendose deutlich sehen, nachdem es ihm gelungen war, sie ins Bildfeld des Instruments zu bringen. Er bemühte sich, genau zu zielen. Und drückte auf den Abzug, und es passierte nichts, weil Gerfaut den Sicherungshebel nicht umgelegt hatte. Er legte ihn um und wagte einen zweiten Versuch. Der Schuß ging los, und Gerfaut verfehlte die Konservendose und sah nicht einmal die Einschlagstelle.

«Ist ja lächerlich», erklärte Raguse, ohne das Fernglas vom Gesicht zu lösen. «Denk dir, du schießt auf irgendwas, das du treffen willst, mein Junge. Ein Tier, oder was du auch willst. Einen Kerl.»

Gerfaut betätigte den Verschluß, die Augen auf den Boden gerichtet, und warf dabei versehentlich eine volle Patrone aus. Er legte sachte an, hielt den Atem an und machte ein großes Loch in die hundert Meter von ihm entfernte Erbsendose.

Dann kehrten sie ins Haus zurück.

«Schöne Waffe», sagte Gerfaut höflich, während er dem Alten die Weatherby zurückgab, damit er sie reinigen und wegräumen konnte.

«Das will ich meinen!» rief der Alte. «So was kostet ein paar Tausender. Die hat mir mal ein Deutscher gegeben, vor zwölf Jahren. Ich hatte ihm mehr oder weniger das Leben gerettet. Ein Jäger. Ich hab ihn mit einem zerschmetterten Bein aufgelesen, ähnlich wie dich, nur im Hochgebirge.»

«Bald werd ich von hier fort müssen», meinte Gerfaut.

Raguse blickte ihn scharf an.

«Ich brauch keine Bezahlung. Ich hab alles, was ich brauche. Meine Enkeltochter schickt mir jeden Monat Geld, ich geb's nicht mal aus, sondern bring's auf die Sparkasse von Saint-Jean. Ich brauch nichts», wiederholte Raguse. «Siehst du, mein Junge, falls du denkst, daß du gehen mußt, um Geld zu verdienen und mich für meine Mühen zu bezahlen, dann täuschst du dich.»

«Ich kann aber doch mein Leben nicht hier verbringen.»

«Bis ich dir deinen Gips abnehm, bist du hier genauso gut aufgehoben wie anderswo. Danach, wenn du dich hier nicht wohl ...»

«Aber ja doch, ich fühl mich hier sehr wohl», erwiderte Gerfaut.

«Du kannst dich nützlich machen», sagte Raguse energisch. «Warst du schon mal jagen?»

Gerfaut schüttelte den Kopf. Raguse räumte die Repetierbüchse wieder in den Ständer und schloß die Truhe. Dann kehrten sie zurück in den Wohnraum.

«Das ist mein einziges Vergnügen», erklärte Raguse. (Sein Gesichtsausdruck wurde verschlagen und jungenhaft.) «die können mich mal mit ihrem Nationalpark La Vanoise», erklärte er zufrieden. «Aber ich seh nicht mehr gut. Wenn ich dir den Gips abgenommen hab, könntest du dich vielleicht nützlich machen, wir könnten zusammen jagen gehen, du wärst dann so was wie meine Ersatzaugen.»

«Warum nicht?» antwortete Gerfaut mit einem leutseligen oder spöttischen oder debilen Lächeln.

«Warum nicht? Ich bin zu nichts mehr nütze, habe meine Stellung und meinen Verstand verloren; da kann ich auch Ersatzaugen spielen.»

In jener Nacht plagten ihn Alpträume, in denen Béa

und die Mädchen vorkamen, und die beiden Killer in ihrem roten Wagen, und Baron Frankenstein, der Glasbehälter voller Ersatzaugen transportierte.

Anfang September bröckelte Gerfauts Gips von allein in Stücke. Raguse nahm ihn dann ganz ab. Gerfaut war erleichtert, sich endlich den Fuß kratzen zu können. Er hinkte weiterhin ein bißchen, und der Alte meinte griesgrämig, das werde sich auch nicht mehr geben, und Gerfaut, das sei ihm scheißegal. Raguse kramte in seiner Truhe und blätterte speckige Handbücher durch, deren Einband sich in kleine filzartige Teile auflöste, Bücher mit anatomischen Bildtafeln, auf denen man Männer mit Schnurrbärten sah. Er gab Gerfaut ein Programm gymnastischer Übungen auf, die er jeden Tag auszuführen hatte, um sein Hinken etwas zu mindern, aber vor allem, um zu verhindern, daß daraus eine Deformation der Wirbelsäule und anderer Knochen entstand.

Gerfaut machte sich nützlich, indem er kleine Besorgungen im Dorf erledigte, wenn zum Beispiel Tabak, Zigarettenpapier Riz la Croix oder Petroleum besorgt werden mußte. Bei dem Tabakhändler kam es ab und zu vor, daß er den *Dauphiné Libéré* durchblätterte, um sich über die Dinge in der Welt auf dem laufenden zu halten. Sportliche Wettkämpfe waren im vollen Gange. Aufstände, Hungersnöte, Überschwemmungen, Seuchen, Attentate, Palastrevolutionen und regionale Kriege in der Dritten Welt lösten einander ab. Im westlichen Abendland funktionierte die Wirtschaft schlecht, die Fälle von Wahnsinn waren sehr zahlreich, die gesellschaftlichen Klassen bekämpften sich. Der Papst verdammte die Genußsucht der Zeit.

Nach einer kurzen Phase berechtigter Neugierde hatten sich die Einwohner des Dorfes, die meisten alt und weniger zahlreich als die Häuser, mit ein paar Halbwahrheiten zufriedengegeben und stellten Gerfaut nun keine Fragen mehr. In der Vergangenheit hatte Caporal Raguse verletzte Tiere aufgelesen, Wanderer beherbergt oder britischen Campern erlaubt, sich auf der Wiese hinter seinem Haus niederzulassen. Gerfaut war einer seiner Funde, ein halber Vagabund, verschlossen zwar und etwas simpel, aber hilfsbereit, der dem Alten zur Hand ging. Einmal half er sogar, den Wagen der Gendarmen zu schieben, als dieser bis hier hoch gefahren und wegen eines Herbstregens im Schlamm steckengeblieben war. Ein andermal hatte er zunächst eine Runde beim Tabakhändler ausgegeben und erzählt, ihm sei viel Unglück widerfahren, er sei von seiner Frau verlassen worden und vor kurzem noch Direktor eines großen Unternehmens gewesen, habe aber alles hinter sich gelassen, wie es scheinbar in Amerika ein ganzer Haufen Leute mache, die anschließend *Drop-outs* würden.

«Ein *Drop-out*», sagte er. «Das ist es! Genau das bin ich! Zum Wohl!» (Und er leerte seinen Becher.)

Im Herbst begann Raguse, Gerfaut für Bergtouren zu trainieren, die Wanderungen wurden von Mal zu Mal langer. Nach einigen Wochen nahmen sie Gewehre mit, und die Wanderungen entwickelten sich zu Jagdpartien.

Die beiden Männer zogen vor allem durch das Waldgebiet. Manchmal erlegten sie Federwild, Rebhuhn, Regenpfeifer, Haselhuhn und Auerhahn, gelegentlich ein Eichhörnchen oder einen Hasen. Raguse, dessen Sehkraft wirklich mäßig geworden war, verfehlte alles, worauf er zielte. Bald schoß er gar nicht mehr, sondern ließ Gerfaut alles machen.

Ende Oktober stiegen sie mit der Weatherby weiter hinauf als je zuvor. Es war bereits mehrmals Schnee gefallen, dann aber hatte sich das Wetter wieder gebessert. Sie durchquerten den Wald und stiegen über die mit Heidelbeersträuchern und Alpenrosenkissen besprenkelten Almen aufwärts. Granitene Bergspitzen und verschneite Kuppen nahmen schon bald den gesamten Horizont ein. Gerfaut und Raguse kletterten auf steinigen Pfaden bergauf. Der Alte schien begeistert. Gerfauts Gefühle waren nicht so stark. Im Grunde genommen lebte er, seit er sich in den Bergen aufhielt, in einer Art ständigen Stumpfsinns vor sich hin. Zur Zeit betrachtete er die Landschaft, ohne sie schön oder häßlich zu finden; er merkte zwar, wie sein schlimmes Bein rebellierte, dachte aber nicht daran, eine Rast einzulegen; Schweiß lief ihm den Rücken hinunter und die Rippen entlang, der Fallwind schmirgelte sein Gesicht, aber das störte ihn nicht.

Zu Beginn der zweiten Nachmittagshälfte machten sie Halt in einer steinernen Schutzhütte mit Holzpritschen, einem Kamin und Inschriften, die mit Holzkohle auf das Felsgestein der Wände gekritzelt waren: Einige Ausflügler hatten Wert darauf gelegt, in dieser Weise kundzutun, daß sie so hoch über dem Meeresspiegel vorbeigekommen waren. Gerfaut verspürte keinen derartigen Drang. Man brach wieder auf, und eine Stunde später erlegte Raguse, dessen Sehschwäche vom Zielfernrohr der Weatherby reichlich kompensiert wurde, auf vierhundert Meter Entfernung irgendein Horntier – Gemse oder Steinbock, Gerfaut hatte keine Ahnung und machte da keinen Unterschied; hätte auch genauso gut eine Antilope oder eine Schnecke sein können, so scheißegal war ihm das. Sie holten den Kadaver und lösten sich beim Hinuntertragen ab. Sie erreichten ihre Behausung bei stockdunkler Nacht. Die ganze Zeit über brummelte

Raguse unaufhörlich irgend etwas Spöttisches und Unflätiges vor sich hin, über den Nationalpark La Vanoise und dessen Aufseher. Gerfaut hat nie versucht, in Erfahrung zu bringen, was der Anlaß dieser Feindseligkeit gewesen sein konnte.

In der Nacht zerlegten sie das Tier. Und salzten die einzelnen Schlachtteile ein. Das Fell wurde zur Seite gelegt, auch der gehörnte Kopf. In den folgenden Tagen beschäftigte sich Raguse damit, jenes zu gerben und diesen zu präparieren.

«Die Sachen werd ich an Dummköpfe verkaufen», erklärte er. «Damit sie's in ihr Wohnzimmer hängen.»

«Was treib ich nur hier, können Sie mir das sagen?» fragte Gerfaut gereizt. (Er hatte mehrere große Gläser Obstschnaps getrunken. Er trank immer häufiger.) «Ich verbring meine Zeit damit, Blödsinn zu machen», fügte er noch hinzu.

«Oh, du kannst doch gehen, du kannst verduften, Sorel. Wann immer du willst. Du bist ein freier Mensch.»

«Aber es ist doch überall dieselbe Scheiße», erwiderte Gerfaut.

Im allgemeinen verstand er sich ziemlich gut mit dem Alten. Sie machten noch einige Streifzüge. An anderen Tagen, als der Schnee sich festgesetzt und das Vieh die Almen verlassen hatte und in die Ställe zurückgekehrt war, rief man den Alten zusehends öfter, um irgendwelche tiermedizinischen Eingriffe vorzunehmen, und Gerfaut begleitete ihn dann, um ihm zur Hand zu gehen, die Lampe zu halten und solche Sachen. Er lernte, die Hörner einer Kuh zu packen und ihr den Kopf herumzureißen, wenn Raguse dem Tier einen Fremdkörper aus dem Auge holen mußte, was er mittels einer mit Butter bestrichenen Feder tat, oder indem er ihm einfach Puderzucker ins Auge streute, so daß die Kuh wie ein Kalb weinte und die Ursache des Übels einfach austränte. Das war ungefähr alles, was Gerfaut lernte.

Schließlich, Anfang April, während die Kälte und das schlechte Wetter noch immer anhielten, fing sich Raguse am Abend eines Mordsbesäufnisses eine furchtbare Erkältung ein. Gegen Mitternacht rief er Gerfaut zu sich und teilte ihm mit, daß er sterben werde. Blau wie ein Veilchen hielt Gerfaut die Sache für einen Witz. Im Morgengrauen war Raguse tot.

17

«So habe ich Sie mir nicht vorgestellt», sagte Gerfaut zu Alphonsine Raguse.

«Und wie haben Sie sich mich vorgestellt?»

Sie saß im Wohnraum, im Sessel des Alten, in perlgrauen Samthosen, braunen Boots, naturfarbenem Wollpullover und braunem Ledermantel. Sehr schwarzes dichtes Haar, sehr gesund und ganz schlicht in Form eines deutschen Stahlhelms geschnitten von einem jener Coiffeure, bei denen der kleinste Schnipser mit der Schere mal eben hundert Mäuse kosten dürfte; matte gebräunte Haut, helle Augen, hoch angesetzte Brauen, ausgeprägte Wangenknochen, eine kleine Nase, ein energisches Kinn. Ihre sehr roten Lippen bildeten beim Lächeln eine waagerechte Linie und entblößten dabei Zähne, so gesund und strahlend, wie es nur geht. Sie wirkte wie eine gelungene Werbung für einen Ferienclub, nur daß Werbungen für Ferienclubs nie so wirken und einem eher Lust machen, zu Hause zu bleiben. Sie trank einen Wodka. Den hatte sie selbst mitgebracht, in ihrem Ford Capri. Sie hatte auch einen Typ namens Max mitgebracht. Im Moment war der Typ wieder fort, mitsamt dem Capri, um fünfundzwanzig Kilometer entfernt Besorgungen zu erledigen.

«Was weiß ich», erwiderte Gerfaut. «Ich hatte eine Frau von fünfundvierzig Jahren vor Augen, die älter aussieht, mit geröteten Händen vom Geschirrspülen und von den groben Hausarbeiten und geröteten Augen vor Kummer. Die per Zug und Autobus in einem mottenzerfressenen Mantel hergekommen wäre. Aber mein Gott, wie alt sind Sie eigentlich? Verzeihen Sie bitte.»

«Achtundzwanzig. Macht doch nichts.»

«Sie sind also nicht die Tochter von Raguse.»

«Seine Enkeltochter.»

«Er hat ab und zu von seiner Tochter gesprochen, die ihm Geld schickt ...»

«Das bin ich.»

«Na gut», meinte Gerfaut. «Entschuldigen Sie bitte. Ich weiß gar nicht, warum ich Ihnen diese ganzen Fragen stelle, und mit welchem Recht ... Ich werd jetzt gehen. Danke für den Wodka.»

Er stand von seinem Hocker auf, um das Senftöpfchen, aus dem er den Wodka getrunken hatte, in den Basaltspülstein zu stellen.

«Sie sind nicht von hier», sagte die junge Frau. «Sie sind aus Paris.»

«Gebürtig», antwortete Gerfaut, den dieser Ausdruck amüsierte und der in seinen blonden Bart lächelte. «Sie würden mir sicher nicht glauben, wenn ich Ihnen erzählte, wie ich hier gelandet bin.»

«Versuchen Sie's doch mal.»

Gerfaut lachte laut los. Er fühlte sich wie ein kleiner Junge.

«Das ist sehr einfach. Bis letzten Sommer war ich noch leitender Angestellter bei einer Firma in Paris. Ich hab meinen Urlaub genommen, und da haben zwei Männer zweimal versucht, mich zu ermorden, aus Gründen, die mir unbekannt sind. Zwei Männer, die ich nicht kenne. Zu dem Zeitpunkt habe ich dann meine Frau und meine Kinder verlassen und bin, statt die Polizei zu benachrichtigen, aufs Geratewohl geflohen. Kurz darauf hab ich mich in einem Güterwaggon wiedergefunden, der durch die Alpen fuhr. Ein Vagabund hat mich mit einem Hammer bewußtlos geschlagen und mich aus dem Zug geworfen. Dabei hab ich mir den Fuß gebrochen, deshalb humpele ich. Ihr Vater … Ihr Großvater hat mich aufgelesen und gesund gepflegt. So, das wär's.»

Die Frau im Sessel bog sich vor Lachen.

«Das ist die reine Wahrheit», beteuerte Gerfaut.

Er hatte Mühe, ernst zu bleiben.

«Trinken Sie noch einen», sagte Alphonsine und deutete vage auf die Wodkaflasche, und dabei schwang in ihrer Stimme noch immer der unterdrückte Lachkrampf mit, und in ihren grauen Augen hatte sie Lachtränen; sie trocknete sich die Augen und stieß einen Seufzer aus. Gerfaut nahm seinen Senftopf wieder aus der Spüle, wischte dessen Boden an seinem Ärmel ab und goß sich nochmals etwas Wodka ein. Dann fuhr er sich mit zwei Fingern behutsam ins Haar.

«Und wenn ich Ihnen sagen würde, daß das hier, dieser weiße Fleck, von einem Streifschuß herrührt.»

«Jaja», entgegnete Alphonsine. «Sie sind ein Abenteurer.»

«Nein. Sie verstehen mich nicht. Nein, ganz und gar nicht. Ich bin das Gegenteil davon.»

«Und was ist das, das Gegenteil?»

«Ein Typ, der keine Abenteuer will.»

«Sie wollen keine Abenteuer? Sie sind glücklich und

Sie wollen keine Abenteuer?» (Sie blieb weiter in Lachlaune; ironisch, doch ohne Boshaftigkeit.)

«Ein Abenteuer mit Ihnen», sagte Gerfaut unbesonnen. «Verzeihen Sie, das wollte ich nicht sagen. Ich bin etwas durcheinander.»

Sie blieb ziemlich lange still. Ihr Gesicht hatte einen besorgten Ausdruck angenommen. Gerfaut fand keine Worte, um diese Stille auszufüllen, und traute sich nicht, die Frau nochmals anzuschauen. Er fühlte sich blöde.

«Wie war die Beerdigung?» fragte sie unvermittelt. «Ich wollte nicht kommen. Ich bin nicht erschüttert über den Tod meines Großvaters. Ich mag Beerdigungen nicht. Man muß den Tod mögen, um Beerdigungen zu mögen, und ich weiß nicht, wer den Tod mögen kann. Nein», setzte sie nervös hinzu, «das ist Schwachsinn, was ich gerade gesagt hab, viele Menschen mögen den Tod. Na ja, also, ich weiß nicht ...»

Sie verstummte, als wäre sie außer Atem. Sie starrte auf den Boden. Unter der Bräune errötete ihre Gesichtshaut deutlich und schnell und nahm die Farbe gekochter Langustinen an. Sie warf Gerfaut einen harten Blick zu. Sie stand auf, und er stand ebenfalls auf, aus Höflichkeit. Sie verpaßte ihm eine sehr heftige Ohrfeige, und eine zweite. Er packte sie nicht am Handgelenk; er schützte sein Gesicht mit dem Unterarm und wich zur Wand zurück.

«Verzeihen Sie, ich bitte Sie», sagte er. (Er gluckste vor Lachen. Sein Rücken stieß gegen die Zwischenwand.) «Das kommt daher, weil ich acht oder zehn Monate hier verbracht hab, ich hab den ganzen Winter in einer Art sexuellen Stase verbracht, verstehen Sie?» (Er murmelte nur noch; versuchte nicht mal, verständlich zu sein.)

«Ich aber nicht!» (Sie schrie; sie stampfte mit dem Absatz auf; verpaßte Gerfauts Schienbein einen Fußtritt.) «Ich nicht, Monsieur Sorel, ich hab den Winter durchaus nicht in einer Art sexuellen Stase verbracht, wie Sie so snobistisch sagten!»

Dann hörten sie den Capri, der vor dem Haus hielt. Alphonsine kehrte Gerfaut den Rücken zu und ging zur Tür, wobei sie bewußt fest mit den Absätzen auf dem Holzfußboden auftrat, als wollte sie ihrem Gehirn kleine Stöße verpassen. Gerfaut lehnte sich an die Wand, entspannte sich, bemühte sich, tief, aber ohne Übertreibung zu atmen.

Max, der Typ von Alphonsine, kam herein. Auch er stampfte mit den Absätzen auf den Boden, allerdings um sich aufzuwärmen.

«Monsieur Sorel bleibt heute abend hier», bemerkte Alphonsine mit friedlicher und melodischer Stimme. «Er wird uns noch ein paar zusätzliche Informationen geben.»

«Ah, gut, gut», meinte der Typ. (So Mitte dreißig, das Haar schwarz und die Augen grün, der Oberkörper keilförmig, ein schöner Kerl, dem gewisse Dinge mühelos zufallen, Wollstoffhose mit Schottenkaro, elegant-speckiger dreiviertellanger Wildledermantel über einem weißen Pulli.) «Die haben da unten ein *restau*, das nicht allzu scheußlich aussieht», fügte er hinzu. «Ich versteh wirklich nicht, warum du unbedingt willst, daß wir uns mit der beschissenen Kocherei abrackern.»

«Man muß einen Ort bewohnen, ihn richtig bewohnen, wenn man erfahren will, wie er ist, wie ... na ja, so eben», sagte Alphonsine und küßte Max auf den Mund, während sie sich kurz provozierend an ihm rieb; und in den folgenden Momenten gab sie tausend Zeichen der

Unterwerfung, sie bereitete das Essen zu, ließ Gerfaut kaum Zeit, ihr ein paar Hinweise zu geben, zum Funktionieren des Wasserabflusses und dem Fehlen einer Kochplatte; kaum daß sie die Männer das Feuer im Kamin in Gang halten und den Tisch decken ließ.

Sie aßen zu Abend und plauderten. Alphonsine verkündete, sie habe sich entschlossen, das Haus zu behalten und darin einige wichtige Veränderungen vorzunehmen.

«Ja, ja», pflichtete der Typ enthusiastisch bei. «Das wird ein ziemlich irrer Zufluchtsort. So abgeschnitten von allem.»

«Chéri», sagte sie zu ihm und streichelte ihm mit der Hand den Ellbogen und rieb ihren Kopf an der Schulter des weißen Pullis.

Seine Nase im Glas versenkt, saß Gerfaut dem Paar gegenüber und begegnete dem Blick der jungen Frau, einem glänzenden, feurigen, ungehörigen und leidenschaftlichen Blick.

Trotzdem verstrich noch einige Zeit, ehe Alphonsine und Gerfaut sich aufeinander stürzten, um sich zu besitzen. Zunächst verbrachte man eine Nacht im Haus, Gerfaut allein in seiner Kammer, wo er schlecht schlief, und das Paar in der des Alten. Am Morgen dann bat Alphonsine Gerfaut herrisch, den Haushüter zu spielen, während sie nach Paris zurückkehren wollte, um einen Architekten zu finden und Umbaupläne abzusegnen, die von örtlichen Unternehmern und Handwerkern ausgeführt werden sollten; Gerfaut sollte die Arbeiten beaufsichtigen, die dann im Sommer beendet sein müßten. Sie wollte Gerfaut dafür bezahlen. Alphonsine dachte, er würde das Geld ablehnen, doch er nahm an. Und noch am selben Tag fuhr sie mit ihrem Typ, Max, davon, kam aber lange vor dem Sommer zurück, allein. Und Gerfaut war nach wie vor da, beim Haushüten, offenbar unbekümmert; und dennoch, am Abend nach der Abreise des Paares, hatte er das Kaminfeuer mit einem *France-Soir* vom Vortag angezündet, den es dagelassen hatte; und per Zufall war sein Blick, als er die Zeitungsblätter zu einer dicken luftigen Kugel zusammenknüllte, auf einen sehr kurzen Artikel gefallen, einen Lückenfüller mit der Überschrift: *Vielleicht eine neue Spur im Fall Gerfaut, des Pariser Angestellten, der letzten Sommer nach einem Blutbad verschwunden ist.* Was eine ziemlich lange Überschrift für einen ziemlich kurzen Artikel war.

18

«Sie sind kein Flic», sagte der Landstreicher.

«Ich bin Journalist» erwiderte der junge Mann mit dem gewellten schwarzen Haar und den hübschen blauen Augen, der auf den Namen Carlo hörte. «Ich geb dir einen aus, wenn du mir interessante Dinge erzählst.»

«Ich hab den Gendarmen doch schon alles gesagt, und dann ist da noch ein Polizist aus Paris gekommen, dem hab ich das alles wiederholt. Sie brauchen die nur zu fragen.»

Der Landstreicher hatte große gelbe Zähne in einem verzerrten Mund und sah aus, als würde er unentwegt grinsen. Er zappelte unbehaglich herum, leckte sich die Lippen und rückte sich immer wieder mechanisch seine schmutzige Melone auf den schmutzigen Haaren zurecht. Er bedauerte sehr, seinen Hammer nicht mehr zu haben. Der junge Mann mit den blauen Augen holte eine kleine Brieftasche aus seinem marineblauen Regenmantel und zog einen Fünfzig-Franc-Schein heraus. Und während er diesen noch vor dem Gesicht des Landstreichers hin und her wedelte, rollte er ihn mit drei Fingern wie eine Zigarette zusammen. Halbherzig deutete der Landstreicher eine Bewegung an, um den Lappen zu nehmen, dann schüttelte er den Kopf.

«Na komm, mach schon», meinte Carlo in tadelndem Ton. (Er machte einen Schritt nach vorn, hob die Melone an, klemmte den Geldschein so zwischen Hut und Haar, daß die fünfzig Franc vor der Stirn des Landstreichers hängen blieben.)

«Wie ich den Gendarmen schon gesagt hab», begann der Landstreicher und brach gleich wieder ab und schaute Carlo unsicher an, doch Carlo wartete auf die Fortsetzung, sie befanden sich ganz alleine am Rand eines Maisfelds, Carlos 504 stand auf dem Seitenstreifen des Gemeindewegs, ein Kirchturm zeigte sich zwei oder drei Kilometer entfernt zwischen den Bäumen, und da war nichts und niemand, den man hätte zu Hilfe rufen können; der Landstreicher sah keine andere Möglichkeit, als fortzufahren, und so fuhr er fort: «Wie ich den Gendarmen schon gesagt hab, hatte ich's auf dem Boden gefunden, also das Scheckheft von diesem Monsieur Gerfaut. Am Gare de Lyon; nicht dem Gare de Lyon in Paris, sondern dem von Perrache in Lyon. Vor sechs Monaten oder mehr, vielleicht sogar acht. Ich hab's behalten, weil ich dachte, daß ich's vielleicht mal zu 'ner Filiale der BNP bringen könnt, nicht wahr, war ja ein Scheckheft von dieser Bank, um 'ne kleine Belohnung zu kriegen. Oder vielleicht hab ich ja auch gedacht, ich könnt's irgendwann mal für mich selbst benutzen, das will ich gar nicht abstreiten, aber die Absicht ist ja kein Verbrechen.» (Sein Mund verzerrte sich noch mehr als normal. Er grinste zweifellos vor Angst.) «Doch das hab ich noch nie gemacht. Ich hab das Heft nur behalten, sonst nichts. Was anderes weiß ich nicht. Das schwör ich beim Kopf meiner Mutter, die sofort tot umfallen soll.»

Der Landstreicher verstummte und versuchte, nach dem an seiner Stirn baumelnden Geldschein zu schauen, was ihn schielen ließ. Er tat nichts, um ihn zu berühren.

«Das hast du aber schön aufgesagt», meinte Carlo.

«Zwangsläufig, die haben mich doch ständig dasselbe gefragt, die Gendarmen und auch der Polizist aus Paris. Die haben mich sogar geschlagen, Monsieur, wenn Sie Journalist sind, interessiert Sie das vielleicht. Die haben mich gezwungen, mich auf ein Eisenlineal zu knien, und haben mir die ganze Zeit, tagelang, dauernd mit 'nem Telefonbuch auf den Kopf gehauen. Und die haben mir dreißig Tage wegen Landstreicherei aufgebrummt, und im Gefängnis haben sie mich weiter bedrängt, nur damit ich was anderes sage, aber ich kann doch nichts anderes sagen, weil das die Wahrheit ist.»

«Ich geb dir noch eine Chance», sagte Carlo gelangweilt.

«Darf ich mich setzen? Ich bin müde.»

Carlo zuckte mit den Schultern. Der Landstreicher beugte die Knie und hockte sich langsam und schwerfällig auf seine Fersen. Bei der Entlassung aus dem Gefängnis hatte man ihm seinen Hammer nicht zurückgegeben, obwohl sie nicht das Recht hatten, ihn zu beschlagnahmen, schließlich handelte es sich doch um ein Werkzeug, einen Ganzmetallhammer, dessen Stiel abschraubbar war und zusätzliche Teile enthielt, Schraubenzieherstifte und einen Korkenzieher und eine Ahle, doch den hatte man ihm nicht zurückgegeben, und wer war er schon, um dagegen zu protestieren? Seine rechte Hand tastete über den Boden, als wollte er sich darauf abstützen, und schloß sich um einen recht schweren

Feuerstein. Sein Arm schnellte vor, um Carlos Knie zu zertrümmern. Dieser machte jedoch einen sehr schnellen Schritt zur Seite, ergriff den Arm noch in der Luft und zog ihn nach vorn und verdrehte ihn etwas. Die Schulter des Landstreichers kugelte mit einem Knacken aus.

«Blödmann», sagte Carlo.

«Hilfe!»

Carlo gab dem Landstreicher einen Fußtritt in den Magen. Der Landstreicher verstummte, zusammengekrümmt und unfähig zu schreien. Mit der Linken fegte der junge Mann die Melone vom Kopf und packte den Landstreicher bei den Haaren. Er riß ihm den Kopf nach hinten und schüttelte ihn. Die fünfzig Franc fielen in das Gras und den Staub und die Kieselsteine. Mit der rechten Hand holte Carlo ein Schweizer Messer aus seiner Manteltasche.

«Schau», sagte er und zerrte mit einer Drehbewegung an den Haaren des Landstreichers.

Der Landstreicher quiekte wie eine Maus, als der andere ihm das Messer in die Seite bohrte, und er spürte, wie die Klinge sich drehte und wieder herausglitt. Blut floß in Strömen.

«Siehst du», sagte Carlo, «ich bin kein einfacher Flic. Ich bin wirklich brutal. Du wirst mir also jetzt die Wahrheit sagen.»

Der Landstreicher erzählte ihm die Wahrheit über die genauen Umstände, unter denen er in den Besitz von Georges Gerfauts Scheckheft gelangt war. Dies entsprach ganz und gar nicht dem, was er den Gendarmen erzählt oder was die Presse gedruckt hatte. (Carlo hatte sämtliche Meldungen, einschließlich derjenigen im *France Soir* mit der Überschrift *Vielleicht eine neue Spur* usw. in seiner Brieftasche). Der junge Mann vergewisserte sich, daß es die ganze Wahrheit war. Dann schleifte er den Landstreicher in die Mitte des Maisfelds und zerschmetterte ihm mit einem dicken Stein den Schädel. Anschließend plünderte er ihn aus (Beute: dreizehn Franc zweiundsiebzig) und nahm ihm noch seine abgelaufenen Schuhe ab. Vielleicht würde man es für einen Raubmord halten. Aber das war nicht sehr wichtig. Als Carlo wieder zu seinem Peugeot zurückging, versäumte er es nicht, den Fünfzig-Franc-Schein aufzulesen, der zu Boden gefallen war.

19

Ja, Alphonsine Raguse kam schon vor dem Sommer zurück. Sie kam am 1. Mai, obwohl dieser, was die Unbilden des Wetters anging, einer der abscheulichsten 1. Mais des Jahrzehnts war, mit Regen über Dreiviertel von Frankreich, einem Sturm über dem Atlantik und Wellen, die an der Küste bis in die Mündung der Gironde hochstiegen, beispielsweise in Saint-Georges-de-Didonne; und ein richtiger Orkan zog das Tal der Seine hoch, und zwar in einem Maße, daß sogar noch in Magny-en-Vexin Dächer abgerissen wurden, auch oberhalb davon, in Paris, und diesseits, beispielsweise in Vilneuil, einem Weiler, der dreißig Kilometer entfernt von Magny-en-Vexin liegt.

Der Wind bereitete Alonso Emerich y Emerich Sorgen. Jedoch legte er seine Sorgen weder Bastien noch Carlo dar. In der Vergangenheit war es schon vorgekommen, daß er den beiden seine Sorgen darlegte, aber damals handelte es sich um Sorgen anderer Natur. Übrigens hatte er schon seit Monaten und Tagen keinen Kontakt mehr zu den beiden Killern, seit dem Fiasko mit Gerfaut. Außerdem war Bastien tot. Außerdem hatte Alonso keine Ahnung, was aus Carlo geworden war, noch wo dieser sich aufhielt. Carlo befand sich Hunderte

Kilometer von Vilneuil entfernt, in einem Hotelzimmer in Chambéry. Er hatte sich Hühnchensandwiches und vier Flaschen deutsches Bier heraufbringen lassen. Der Fernseher war eingeschaltet, der Ton aber abgedreht. Carlo konnte sich ein Hotel leisten, in dem es auf den Zimmern Fernseher gab, denn er hatte seit Bastiens Tod mehrere Verträge abgeschlossen. Er hatte sich daran gewöhnt, nicht mehr mit Bastien, sondern allein zu arbeiten. Er hatte nicht vor, einen neuen Partner zu suchen. Dennoch hatte er es nicht aufgegeben, Bastien rächen zu wollen, auch wenn er nicht mehr um ihn trauerte. Im Augenblick schaute er überhaupt nicht auf den Fernseher, in dem eine Sendung von Armand Jammot* lief. Er studierte handschriftliche Notizen über die Fahrpläne und Strecken aller Güterzüge, die in den Alpen unterwegs waren. Sowie Karten im Maßstab 1:25000 des Nationalen Geographischen Instituts, die ein Polygon abdeckten, dessen Eckpunkte Chambéry, Aix-les-Bains, Annecy, Chamonix, Val-d'Isère, Briançon und Grenoble bildeten. Eine Arbeit, die langen Atem erforderte. Hierbei stemmte Carlo sich ständig gegen die Wand oder klammerte sich an den Tisch und führte isometrische Kraftübungen aus. In der Leichtmetallkiste auf dem Kofferständer befanden sich seine Kleidung zum Wechseln, sein .45er S&W, die drei Messer und der Wetzstahl, die Würgeschlinge, der Totschläger und alles übrige. Carlos Toilettenbeutel stand im Bad, und auf den Nachttisch hatte er einen Science-Fiction-Roman von Jack Williamson in französischer Übersetzung gelegt. Die Jutetasche mit dem doppelläufigen M6 und dem Fernglas lag an der Wand auf dem Boden.

Als Carlo in sein Sandwich mit Hühnchenfleisch biß, war Alphonsine Raguse seit mehreren Stunden im Haus ihres Großvaters. Dichter Nebel lag schwer auf dem kleinen Tal. Der Wind verschonte diese Ecke. Die Nebelschwaden lagen in völliger Reglosigkeit; man hätte sie für eine sehr dicke, auf die Erde gelegte Schicht Verbandswatte halten können.

Alphonsine und Gerfaut scherzten und lachten fast ununterbrochen. Zwischen den beiden lief es gut. Sie waren begeistert, den körperlichen Akt miteinander vollzogen zu haben, und hatten sich vorgenommen, es so oft wie möglich zu wiederholen. Dauernd verschränkten sie ihre Finger ineinander, streichelten sich die Schulter oder übers Haar, küßten sich auf die Schläfe oder in die Armbeuge, ihre Augen leuchteten, sie dufteten nach Schweiß und anderen Körperflüssigkeiten, sie kicherten häufig.

Gerfaut saß am Tisch des Wohnraums, mit nacktem Oberkörper und barfuß, lediglich mit einer zu kurzen Leinenhose bekleidet. Vor ihm auf dem Tisch befand sich ein tragbares Radiogerät der Marke ITT mit einer langen schräg stehenden Antenne. Es stand auch ein Dessertteller als Aschenbecher drauf. Gerfaut rauchte eine Gitane-Filter. Das Radio bekam Jazz herein, eine Sendung von France Musique, ein Klaviersolo von Johnny Guarnieri. Kurz nach ihrem ersten Besuch hatte Alphonsine Gerfaut per Postanweisung einen Monatslohn geschickt. Der Mann hatte sich sogleich das Radio, die Hose, Gitanes-Filter und ein winziges Schachspiel aus Plastik gekauft, das derzeit in seinem Zimmer auf dem Boden stand, und dessen Figuren die Schlußstellung einer Partie Wasjukow/Polugajewski, Meisterschaften der UDSSR von 1965, einnahmen. (Weiß gab nach dem zweiunddreißigsten Zug auf.)

«Georges», sagte Alphonsine, während sie eine Flasche Whisky, *Isle of Jura*, entsiegelte. «Was für ein grauenvoller Name.»

«Kann ja nicht jeder Alphonsine heißen. *Call me* Jojo.»

«Ja, sehr gut, Jojo. Sehr gut. Perfekt. Jojo. Ich hab Schluß gemacht, weißt du, ich hab nach der Rückkehr in Paris mit meinem Macker Schluß gemacht. Und ich wollte eigentlich sofort hierher zurückkommen. Ich bin eine richtige Schlampe, was?» (Da Gerfaut nicht antwortete, fuhr sie fort.) «Ich wollte kommen, hatte aber Verpflichtungen. Außerdem wollte ich nachdenken.» (Sie kicherte.) «Nein, im Ernst, ich wußte, daß ich kommen würde, nur wollte ich es vornehm und bedächtig tun. Warum hast du dich eigentlich rasiert? Warum hast du dir diesen männlichen Bart weggemacht? Weißt du, daß du was von Robert Redford hast?»

«Würg», murmelte Gerfaut. (In der Tat hatte er ein bißchen was von Robert Redford. Doch wie viele Männer mochte auch er Robert Redford nicht.) «Ich hatte es satt, wie ein … ich weiß nicht recht … wie ein Räuber bei Edmond About* auszusehen. Von was für Verpflichtungen sprichst du? Hast du ein Geschäft? Du scheinst ziemlich reich zu sein.»

Alphonsine zog einen Hocker an den Tisch heran und setzte sich. Sie goß Whisky in zwei angeschlagene Tassen, verschränkte die Arme auf der Tischplatte und stützte ihr Kinn darauf. Sie trug Stiefel und eine Wildlederhose. Saß mit nacktem Oberkörper da. Ihr war nicht kalt, denn im Kamin prasselte ein wahres Höllenfeuer. Die Haare in Alphonsines Nacken waren von Schweiß verklebt. Aus dem Radio kam nun kein Johnny Guarnieri mehr, und die warme Stimme eines Mannes verbreitete irgendwelche strukturalistischen und linksextremen Blödheiten, dann hörte man Dexter Gordon und Wardell Gray.

«Wardell Gray, also nicht dieser Tenorsaxophonist hier, der andere», setzte Gerfaut an, wobei er unnötigerweise mit dem Finger auf den Apparat zeigte, «den hat man auf einem unbebautem Gelände erschossen aufgefunden. Und Albert Ayler, dessen Leiche wurde im East River aufgefunden. Und Lee Morgan, den hat seine Puppe umgelegt. Weißt du, solche Sachen gibt es! Die finden statt!»

«Mit neunzehn Jahren», meinte Alphonsine zerstreut, «hab ich einen Chirurgen geheiratet. Der war wahnsinnig verliebt in mich, dieser Schwachkopf. In Gütergemeinschaft. Wir haben uns nach fünf Jahren scheiden lassen, und ich hab ihm so viel Schotter wie möglich abgezapft. Was willst du damit sagen, ‹solche Sachen gibt es›? Du wirst doch nicht wieder mit deinen Killergeschichten anfangen?»

Gerfaut schüttelte den Kopf. Er wirkte abwesend und energielos. Das Lächeln war fast völlig aus seinem Gesicht verschwunden.

«Die Insel Jura», sagte er, indem er seinen Blick der Whiskyflasche zuwandte. «Die gehört zu den Hebriden. George Orwell hatte da einen kleinen Hof. Er wollte sich dort eine neue Existenz aufbauen, er hatte aber nicht mehr richtig Zeit dazu, und er ist an Tuberkulose gestorben.»

«Sag mal, du bist ja wirklich lustig, du! Dieser Kerl ist wirklich lustig! Wer ist das überhaupt, George Orwell?»

Gerfaut ließ ihre Frage unbeantwortet. Er trank seine Tasse Whisky *Isle of Jura* mit einem Zug aus.

«Bald werde ich wohl eine Entscheidung treffen müssen», sagte er, sagte aber nicht, welche Entscheidung. «Das kann aber auch noch warten. Das kann wenigstens so lange warten, bis sich der Nebel hebt. Laß uns bumsen, hast du Lust?»

Sie gingen bumsen. Der Nebel hob sich nicht. Drei ganze Tage lang hob er sich nicht. Am Abend des dritten Tages fuhr der 504 mit eingeschalteten Nebelscheinwerfern und geringer Geschwindigkeit ins Dorf. Er hielt vor der Kirche, gegenüber dem Tabakhändler.

Im Haus Raguse saßen Alphonsine und Gerfaut am Tisch. Sie in einem weißen Frotteemorgenmantel und dicken amerikanischen Strümpfen aus Bouclèwolle. Gerfaut in brauner Breitkordhose und Wollstoffhemd mit Schottenkaro. Beide rochen gut nach Sauberkeit und Seife. Sie aßen Butterbrote und tranken Champagner. Im Radio sang eine schwarze Lady, daß du in den toten Stunden der Nacht, wenn alle Leute tief eingeschlafen sind, in deinem Bett wachliegst und an ihn denkst und gar nicht anders kannst. Es war Nacht, und man sah den Nebel hinter den Fenstern.

In dem an der Kirche stehenden 504 hatte Carlo die Innenbeleuchtung eingeschaltet, um seine Karten zu Rate zu ziehen. Dann hakte er auf einer Liste den Namen des Weilers ab. Er hatte mehrere Aufstellungen von Ortschaften jeder Größe angefertigt, die in der Nähe der verschiedenen Stellen lagen, wo Gerfaut unter Umständen aus dem Zug gefallen sein konnte. Da waren mehrere Orte möglich, weil der Landstreicher nicht sehr präzise hatte sein können. Alles in allem zählte die Liste der wahrscheinlichsten Orte einundvierzig Namen. Eine zweite Aufstellung, die die weniger wahrscheinlichen, aber dennoch sehr gut möglichen Ortschaften auflistete, in die Gerfaut nach seinem Sturz hätte gelangen können, zählte dreiundsiebzig Namen. Es gab auch noch eine dritte Liste. Carlo fuhr seit achtundvierzig Stunden kreuz und quer durch das Gebirge. Der Name des Weilers, in dem er sich im Moment befand, stand an dreiundzwanzigster Stelle auf der ersten Liste.

Der Killer räumte seine Aufstellungen und Karten weg, schaltete die Innenbeleuchtung aus und verließ den Wagen. Überquerte die lehmige Straße und trat bei dem Tabakhändler ein. In dem Laden befanden sich drei in vergilbtem Schwarz gekleidete Greise und der Tabakhändler, ein dicker Mann in Hosenträgern. Carlo bestellte Kaffee, und man brachte ihm eine Tasse und ein Kännchen und Zucker mit Kaffeeflecken in einer Zukkerdose aus Plastik, das wie Kristall aussehen sollte. Carlo verlangte Aspirin. Er hob seinen linken Zeigefinger, der mit Mull und Heftpflaster umwickelt war.

«Wegen meinem Finger», erklärte er. «Er sticht heftig.»

«Müssen Sie draufpissen!» rief einer der Alten lauthals. «Draufpissen und bis Sonnenuntergang nicht mehr waschen.»

Der Killer lächelte schwach.

«Mir wär lieber ... Ich frag mich ... Gibt's hier einen Arzt?» (Es war das dreiundzwanzigste Mal in achtundvierzig Stunden, daß er diese Frage stellte.)

«Oh, nein. Da müssen Sie wieder runterfahren.» (Der Tabakhändler musterte den Killer eingehend.) «Außerdem müssen Sie sowieso wieder runterfahren, die Straße führt nicht weiter hoch.»

«Wenn Sie sich also verletzen», meinte Carlo, «oder sich sonst was tun, fahren Sie ins Tal runter. Gibt's hier denn niemanden? Na ja, ich mein ...»

«Es gab da den Obergefreiten Ragusc», schrie der

Alte, der sich schon vorher eingemischt hatte. «Der war genauso wenig Obergefreiter wie ich! Aber der ist jetzt hinüber.»

Carlo plauderte noch eine Viertelstunde weiter. Er erfuhr alles, was er wissen wollte. Dankte für das Aspirin, bezahlte seinen Kaffee und die vier Rum, die er den drei Alten und dem Tabakhändler spendiert hatte, und trat aus dem Laden. Einen Augenblick lang blieb er reglos auf der Straße stehen. Durch den dichten Nebel hindurch versuchte er Lichter zu sehen, vielleicht sogar die Lichter von Raguses Haus, das weniger als fünfhundert Meter entfernt lag. Doch es war vergebliche Mühe, er konnte nicht einmal das vier Meter vor ihm stehende Coupé erkennen.

Bei diesem Arschloch von Georges Gerfaut war Carlo von jetzt an fest entschlossen, nur noch auf Nummer Sicher zu gehen. Der Killer kehrte zu seinem Wagen zurück und verließ den Weiler, fuhr vorsichtig, sich mit seinen Nebelscheinwerfern durch die weiße Watte tastend, langsam ins Tal hinunter.

In Saint-Jean fand er ein geöffnetes Hotel und nahm sich dort ein Zimmer. In seinem Zimmer entfernte er sofort den Verband, den er am Zeigefinger hatte, und entblößte seinen unversehrten Finger. Seinen Leichtmetallkoffer und die Jutetasche hatte er selbst ins Zimmer hochgetragen. Beide stellte er nun aufs Bett, öffnete den Koffer und legte sich zurecht, was er am nächsten Tag tragen wollte, eine Leinenhose, ein kariertes Hemd, einen dicken Rollkragenpulli und Sportschuhe. Anschließend reinigte und ölte er gründlich seine Waffen. Bevor er sich hinlegte, studierte er ausgiebig seine Karten im Maßstab 1 : 25 000. Er hatte darum gebeten, um 5 Uhr 30 geweckt zu werden.

20

«Ich bin ein freier Mensch», sagte Gerfaut. «Ich kann mit meinem Leben machen, was ich will. Glaub mir, ich weiß, wovon ich rede.»

«Hör auf zu saufen.» (Alphonsine war nicht streng; sie lachte dabei.)

«Ich bin ein freier Mensch», wiederholte Gerfaut, goß sich noch mal Schnaps in seinen schwarzen Kaffee und leerte die Tasse. «Ich mach, was ich will. Soll ich dich mal mitnehmen, ein geschütztes Tier töten?»

Er sprang aus dem Bett. Schlüpfte unbeholfen in seine Hose. Er wirkte aufgekratzt.

«Ich lieb dich nicht», sagte er zu Alphonsine. «Ich lieb dich nicht. Du bist sehr schön, aber du bist ein Durchschnittsmensch. Du gefällst mir sehr.»

«Du bist besoffen», meinte Alphonsine. «Willst du wirklich raus?» (Sie verzog das Gesicht.) «Vielleicht macht dich das ja wieder nüchtern», fügte sie hinzu.

Eine Sehne zuckte im Gesicht des Killers, als das Paar das Haus verließ. Ansonsten blieb der Mann völlig regungslos, aufmerksam. Er befand sich siebenhundert Meter Luftlinie mit zweihundertfünfzig Meter Höhenunterschied vom Haus entfernt. Er lag in einem Hain kleiner Bäume auf dem Bauch und beobachtete das Haus durch das Fernglas. Seine halb geöffnete Jutetasche lag neben ihm. Carlo hatte das Hotel um 6 Uhr verlassen, nachdem er seine Rechnung bar beglichen hatte. Und war im Auto durch ein Nachbartal auf einen Paß in der Nähe gelangt. Von dort aus hatte er über Fußpfade sechs Kilometer zurückgelegt und sich um 7 Uhr 30 an Ort und Stelle befunden. Er hatte seine Halbautomatik dabei, den Schalldämpfer der Halbautomatik und das M6. Er hatte das M6 zusammengebaut und das Visier eingestellt. Er wartete. Inzwischen war es 12 Uhr 15. Es kam ihm so vor, als würden Gerfaut und die Frau lachen und sich zum Spaß gegen die Schultern schubsen. Gerfaut hatte eine Waffe umgehängt. Der Killer beobachtete sie genau durch sein leistungsstarkes Fernglas. Eine schöne Waffe, so schien es. Mauser-Bauer vielleicht, oder Weatherby, oder vielleicht eine Omega III, wie man sie dem Schauspieler John Wayne geschenkt hat, doch nein, der Verschluß war anders.

Das Paar stieg über einen Pfad geradewegs auf den Killer zu. Wenn der Mann und die Frau diesem Pfad weiter folgten, würden sie in zwei bis drei Minuten nach links abbiegen müssen und kurz darauf in weniger als dreihundert Meter Entfernung an Carlo vorbeikommen, was für ihn eine gute Schußweite wäre. Und falls sie nicht abbogen und einfach weiter geradeaus über die Weide hochsteigen würden, war es sogar denkbar, daß Carlo sie sich mit seiner Pistole und hübsch leise kaufen könnte. Die Frau mußte ebenfalls getötet werden, damit sie nicht Alarm schlagen konnte. Carlo hatte vorgehabt, zu warten, bis einer der beiden seltsamen Käuze oder alle beide das Haus verließen, und wäre dann ins Haus eingedrungen, um sie zu erwarten. Doch nun ließen sich die Dinge viel leichter an, da seine Opfer zu ihm kamen.

Drei Minuten später bogen Gerfaut und Alphonsine, dem Weg folgend, nach links ab. Ein paar Sekunden darauf befanden sie sich zweihundertsechzig Meter von dem Killer entfernt und auf der gleichen Höhe wie er. Plötzlich stolperte Alphonsine leicht vor Gerfaut und machte einen Schritt nach links. Gerfaut legte ihr die Hände auf den Kopf und fuhr ihr mit den Fingern durchs Haar. Dabei lachte er und rieb seinen Körper an dem der jungen Frau, deren Hintern er an sich spürte.

«Weißt du», sagte er fröhlich, «ich bin blöd, ich bin ein echter Bauernstoffel. Was ist das bloß für eine Idee gewesen, stumpfsinnig durchs Gebirge zu latschen? Ich hab die Nase voll vom Gebirge. Wir sind nicht übers Wochenende hier, wir sind keine, ich weiß nicht, ich ...»

Da wurde Alphonsines Oberkörper seitlich zerschmettert. Die junge Frau machte einen Satz zur Seite, als habe sie gerade einen Pferdetritt erhalten, und ein kleines kugelähnliches Gebilde aus zermalmten Knochen, zu Mus zerquetschtem Fleisch, Bronchienstückchen, feinst versprühtem Blut und zusammengepreßter Luft sowie das Dumdumgeschoß, das dies alles vor sich hertrieb, traten plötzlich aus ihrem Rücken aus. Gerfaut hatte noch beide Hände vor sich in der Luft und war verblüfft, Alphonsines schwarzes Haar nicht mehr zwischen den Fingern zu spüren, als die junge Frau bereits mit der Schulter auf den Boden schlug und man im gleichen Augenblick die Detonation des Schusses dort drüben zur Rechten vernahm. Gerfaut ließ sich einfach nach vorn auf das Gesicht fallen und hörte, wie etwas die Luft zerriß, und unmittelbar darauf den Knall des zweiten Schusses. Außer sich vor Bestürzung und Haß, die

Wange voller Erde, begann Gerfaut zugleich, den Riemen seines Gewehrs von der Schulter herunterzureißen und sich zu Alphonsine herumzudrehen, die sich nicht mehr rührte, mit offenem Mund und dem Gesicht im Schlamm lag, tot, denn ihr Herz hatte unter dem Schock augenblicklich aufgehört zu schlagen. Der Mann preßte die Lippen zusammen, als er den offenen und schrecklich reglosen Mund sah. Ein dritter Schuß schlug hinter Gerfauts Rücken in den Erdboden und riß aus der Oberfläche eine Vertiefung, die ein bißchen die Gestalt einer Milchkanne hatte. Erde und Steine prasselten auf Gerfauts Rücken, während die dritte Kugel völlig deformiert über ihm abprallte. Gerfaut bekam die Weatherby endlich frei, rollte sich herum und legte an. Im Visier seines Zielfernrohrs sah er etwas aufblitzen und drückte den Abzug. Sein Gegner hörte auf zu schießen.

Gerfaut drehte sich wieder zu Alphonsine um und betrachtete sie noch einmal, bis er begriff, daß sie tot war. Da stand er auf. Zunächst langsam, dann immer schneller, rannte er auf die Baumgruppe zu, auf die er gezielt hatte. Nach anderthalb Minuten entdeckte er den Killer, der zwischen den Büschen zappelte. Die von Gerfaut abgeschossene Kugel hatte zunächst den Klappschaft des M 6 getroffen, der in alle Richtungen zerplatzt war, die Kugel war abgelenkt worden und hatte die Waffe zerstört, ehe sie sich in Carlos Bein gebohrt und den Oberschenkelknochen zertrümmert hatte. Carlos linke Gesichtshälfte war voller Blut, und eine Unzahl Plastik- und Leichtmetallsplitter steckten dort überall im Fleisch wie auch in der Seite seines Körpers. Am linken Schenkel war in seiner Hose ein sehr sauberes Loch zu sehen, und der Stoff war ganz klebrig vor Blut. Der Killer riß seine Halbautomatik in der rechten Hand hoch und schoß auf Gerfaut und verfehlte ihn, denn er hatte das linke Auge verloren und konnte die Entfernungen nicht mehr richtig abschätzen und stand unter Schock.

Gerfaut dachte nicht mal daran stehenzubleiben, um ihn zu erledigen. Er rannte immer schneller weiter, und der Killer schoß weiter auf ihn und verfehlte ihn viermal, bis Gerfaut bei ihm ankam und ihm mit dem Kolben einen gewaltigen Schlag auf die Hand verpaßte (der Killer ließ seine Halbautomatik fallen) und einen anderen auf den Kopf und dann noch einen.

«Schweinehund! Mieser, dreckiger Scheißkerl!» schrie Gerfaut. «Verdammt, du verdammter Schweinehund!»

Er hörte auf zu schlagen und hockte sich mit offenem Mund, pfeifendem Atem und einem Stechen in den Seiten vor Carlo, betrachtete den Killer, der auf die Seite gerutscht und dessen unversehrtes Auge halb geschlossen war, und er sagte sich: Was soll ich jetzt machen? Ich werd ihm alles antun ich werd ihn zu Tode foltern ihm den Schwanz und das Herz rausreißen ich muß mich jetzt beruhigen aber eigentlich bin ich ja gar nicht so erregt im Grunde genommen ich bin eher kalt ja eher kalt tief in mir drin.

Erst jetzt sah er, daß der Mann bereits tot war: Er hatte ihm den Schädel zertrümmert, als er ihn mit dem Gewehrkolben geschlagen hatte. Gerfaut näherte sich der Leiche, indem er von der einen auf die andere Hinterbacke rutschte. Tatsächlich fühlte er sich ziemlich ruhig und kalt. Er hatte zwar gewisse Mühe, sich zu konzentrieren, war aber nicht mehr unschlüssig, was er tun sollte, so wie er es die ganzen letzten Monate gewesen war, seit man begonnen hatte, ihn umbringen zu wollen, und sogar, wenn man es recht bedachte, nicht mehr so unentschlossen, wie er es schon seit sehr viel längerer Zeit gewesen war, in seinem Leben als leitender Angestellter und in seiner Ehe und als Vater und davor als Student und als politischer Aktivist und in seinem vorehelichen Liebesleben und in seinem Leben als Heranwachsender und zweifelsohne sogar als Kind.

Er durchsuchte die Leiche des Killers und fand einen Wagenschlüssel und einen Führerschein auf den Namen Edmond Bron, geboren 1944 in Paris, wohnhaft in Paris, Avenue du Docteur Netter. Carlos Taschen enthielten sonst absolut nichts.

Gerfaut ließ die Leiche unter den Sträuchern liegen, wie auch das kaputte M 6 und die Weatherby. Er hob nur die halbautomatische Beretta auf und stopfte sie in Carlos Jutetasche. Die nahm er mit. Er kehrte zu der Stelle zurück, wo Alphonsine tot im Gras lag. Gerfauts Gesicht blieb unbewegt, während er kurz die schöne junge Frau absuchte, ohne jedoch Autoschlüssel oder sonst was von praktischem Nutzen zu finden. Der Mann machte sich die Hände mit Blut schmutzig. Er ließ Alphonsines Körper dort, wo er lag. Und stieg wieder hinunter zum Haus. Er beeilte sich. Der Schußwechsel hatte einen ziemlichen Krach gemacht. Dennoch schien sich unten im Dorf niemand darum zu kümmern.

Gerfaut trat wieder ins Haus. Sofort sah er Alphonsines Tasche, nahm die Schlüssel heraus und die Papiere des Ford Capri und auch das Geld, das sich darin befand, etwas weniger als tausend Franc. Er nahm die Kleidungsstücke mit, die man in der Stadt tragen konnte, und Carlos Jutetasche mit der Beretta. Er stieg in den Capri, startete, durchquerte das Dorf, wählte den Weg zu den Tälern und dann zu den Städten, nach Paris.

Da er das Autoradio eingeschaltet hatte, bekam er

unterwegs einiges herein, was ihm eigentlich hätte gefallen müssen: Sachen von Gary Burton, Stan Getz, Bill Evans; doch sie gefielen ihm nicht, und er schaltete das Gerät ab. Letztlich schien es ihm, als würde es ihm für lange Zeit unmöglich sein, sich an Musik zu erfreuen.

21

Er erreichte Auxerre zu vorgerückter Stunde, quartierte sich unter dem Namen Georges Gaillard in einem Hotel ein, aß dort schlecht und schlief wenig. Die Radionachrichten brachten nichts über ihn oder irgendein Gemetzel in den Alpen. Gerfaut hoffte, den Capri noch ein paar Stunden behalten zu können, und in der Tat kam er ohne Zwischenfälle am nächsten Tag in Paris um die Mittagszeit an. Er ließ den Wagen einfach im Pariser Vorort Pantin zurück und den Schlüssel in der Zündung stekken, ohne die Türen zu verriegeln, in der Hoffnung, daß er mit etwas Glück gestohlen werden würde, was seine Spuren verwischen könnte; und tatsächlich wurde er gestohlen, von gut organisierten Gaunern, denn niemand hat je wieder etwas von dem Wagen gehört.

Gerfaut nahm die Métro, stieg am Gare de l'Est um und an der Opéra aus. Er empfand große Freude, sich endlich wieder in der Stadt zu befinden. Doch das war ihm gar nicht bewußt. Er trug Carlos Jutetasche bei sich, mit der Beretta und ein paar Kleidungsstücken. Eine Weile gefiel es dem Mann, durch das Geflecht der Straßen zu laufen, das östlich der Avenue de l'Opéra liegt. Eilige Angestellte, ausgelaugte Sekretärinnen, ein mürrisches, aufbrausendes und fröhliches Völkchen drängte sich in den Snackbars und in den Kneipen und kam mit besorgten Börsenmaklern und amerikanischen Studenten zusammen. Gerfaut kaufte den *France-Soir* und blätterte ihn beiläufig durch, während er an einem Thekeneckchen Frankfurter mit Fritten aß. In der Welt trugen sich die gleichen Dinge zu wie zuvor. Dennoch konnte man eine gewisse Progression wahrnehmen, nur wohin wußte Gerfaut nicht. Er trank sein Bier aus, ließ den *France Soir* auf der Theke liegen und ging zum Zeitungshaus *Le Monde*. Auf der anderen Seite des Boulevards maßen sich eine Menge Polizisten in Uniform und Zivil mit einem Streikposten, der vor dem Eingang einer Bank stand, mit Blicken. Gerfaut bat darum, die etwas weniger als ein Jahr zurückliegenden Ausgaben von *Le Monde* einsehen zu dürfen. Man gab ihm Auskunft, man wies ihm den Weg, er nahm Platz, blätterte und fand, was er suchte. Jener Mann, der ein Jahr zuvor von einem Unbekannten im Krankenhaus von Troyes abgeliefert worden und dort gestorben war, ohne das Bewußtsein wiedererlangt zu haben, hieß Mouzon, war in Paris als Rechtsberater tätig und damals sechsundvierzig Jahre alt. Er war den Verletzungen durch vier 9-mm-Kugeln erlegen, und nicht den Folgen eines Verkehrsunfalls. Gerfaut war nicht überrascht.

Im Verzeichnis der Fernsprechteilnehmer der Stadt Paris standen neun Mouzon (alphabetische Auflistung), darunter ein Ventilatorenhersteller, doch nur ein Rechtsberater Mouzon (Branchenverzeichnis). Gerfaut notierte sich die Geschäftsnummer des Rechtsberaters (Kanzlei Mouzon & Hodeng) und, nach kurzer Überlegung, auch die neun anderen Telefonnummern, durchquerte das Postamt und reihte sich in die Schlange zu den Telefonzellen ein. Mouzons Geschäftsnummer verband ihn mit einer Plattenansage, der zufolge diese Nummer zur Zeit nicht vergeben sei. Er versuchte es mit den anderen, wobei er allerdings die des Ventilatorenherstellers ausließ.

«Hallo?»

Frauenstimme, Gerfaut drückte auf den Knopf.

«Dürfte ich bitte Monsieur Mouzon sprechen?»

«Bleiben Sie am Apparat. Wie war Ihr Name?»

Gerfaut hängte ein. Wählte die zweite Nummer. Gleiches Spiel. Dritte Nummer. Besetzt. Vierte Nummer.

«Hallo?»

«Dürfte ich bitte Monsieur Mouzon sprechen?»

«Monsieur Mouzon ist verstorben. Wer ist am Apparat?»

«Hab mich verwählt.»

Gerfaut hängte ein, blieb einen Augenblick reglos in der Kabine, dachte an den Tod und an die grauenhaften Verwüstungen, die Kugeln anrichten. Schon klopfte irgend jemand auf unangenehme Weise mit einem Schlüsselbund gegen die Glastüre, ein dicker Mann. Gerfaut verließ die Kabine.

«Fettes Arschloch», sagte er im Vorbeigehen.

«Was? Was? Was!»

Doch Gerfaut hatte das Postamt schon verlassen. Er ging bis zum Place de l'Opéra, studierte den Métroplan, nahm eine Bahn, stieg an der Station Invalides um und kam schließlich in der Rue Pernety wieder an die frische Luft. Es war nicht einmal 16 Uhr, alles ging sehr schnell. Gerfaut orientierte sich und bahnte sich seinen Weg durch die von Autos, Lieferwagen, Straßenarbeiten, Auslagen und freundlichen, lärmenden Leuten verstopfte Rue Raymond-Losserand. Er fand die gesuchte Nummer, betrat das Wohnhaus, in dem Mouzon gelebt hatte. Keine Mieterliste. Gerfaut hatte keine Lust, sich an die Concierge zu wenden. Im vierten Stock fand sich unter einer Klingel ein angeheftetes Stückchen einer Visitenkarte: MOUZON – GASSOWITZ. Gerfaut klingelte. Man öffnete.

«Ja?»

Der Mann steckte in beigefarbener Leinenhose und kariertem Hemd, Marke kanadischer Holzfäller, das Haar ölig, die Lippe voll und das Kinn blau. Nicht unbedingt wahnsinnig polnisch, so vom Äußeren her, eher *pied-noir*, Algerienfranzose, Schultern à la Robert Mitchum und der Bauch ebenfalls, aus dem Leim geraten.

«Ich suche Madame Mouzon.»

«Ja?»

«Das ist alles.»

Der Mann wog das Für und Wider ab, schien davon abzurücken, Gerfaut ein Stockwerk tiefer zu befördern, verdrehte den Hals, ohne den Besucher aus den Augen zu lassen, und grölte über die Schulter:

«Eliane!»

«Was?»

«Ist für dich.»

In der Wohnung rührte sich was. Der Mann wandte sein Kinn erneut Gerfaut zu und seufzte leise, schleuderte Ricard-Ausdünstungen in die vier Kubikmeter Luft des Treppenabsatzes. Eliane Mouzon erschien im Flur der Wohnung, und Gerfaut bewegte sich ein bißchen hin und her, um sie sehen zu können, da der Typ die Tür versperrte.

«Um was geht's?»

Sie wirkte müde, arm und gewöhnlich, ganz und gar

nicht reizvoll, so um die Fünfundvierzig, mittlere Größe, ziemlich hübsch mit einer schlimmen Haut, maßvoll gefärbtes Haar, ziemlich beschissenes schwarz-weiß meliertes Kostüm, bräunlich gelbe Bluse aus Acetat, vergoldete Halskette in Form einer Kordel, Gliederarmband dito. Sie war sehr sorgfältig, fast hübsch geschminkt. Eine Sklavin des guten Geschmacks, ließ sich aber nicht gehen, und Gerfaut empfand Sympathie für sie.

«Ich möchte Sie eigentlich unter vier Augen sprechen», sagte er. «Es geht um Monsieur Mouzon.»

Die Haut um den Mund der Frau erblaßte in geradezu ergreifender Weise. Sie legte eine Handfläche an die Wand der Diele, und ihre Wimpern flatterten. Der Typ mit den kräftigen Schultern warf ihr einen raschen Blick zu und drehte sich, den Kopf leicht gesenkt, wieder Gerfaut zu. Er sah aus wie ein Stier, der bereit ist loszupreschen, und seine Lippen waren plötzlich ebenfalls weiß umrändert.

«Hör zu, mein Lieber», keuchte er, «ich halt mich zurück, weil sie's so will, aber ich weiß nicht, wie lang ich mich noch zurückhalten kann, also verzieh dich jetzt, kapiert?»

«Hör auf, der war's nicht», sagte die Witwe Mouzon hinter seinem Rücken.

«Oh», meinte der Typ, «oh ...» (Und dabei sah er aus wie ein Kurzsichtiger in Rage, der versucht, seine Augen zu akkommodieren und sich gleichzeitig zu beruhigen.) «Oh ...»

«Wenn ich's recht bedenke», sagte Gerfaut zu dem Typ, «will ich eigentlich Sie sprechen. Sie sind doch Gassowitz, nehm ich an. Ich will mit Ihnen reden. Sie müssen mich reinlassen, oder ich werd mich mal mit der Polizei unterhalten, und das wär nicht so gut, oder?»

Gassowitz antwortete nicht. Er dachte nach und wirkte dabei, als würde ihn irgendein Lärm dabei stören, doch da war überhaupt kein Lärm, auf dem Treppenabsatz herrschte Totenstille.

«Ich weiß nicht, wer Sie sind, und ich will's auch gar nicht wissen», erklärte die Witwe Mouzon. «Lassen Sie mich in Ruhe. Ihn auch.»

Ganz unerwartet fing sie an zu weinen. Die Wimperntusche von schlechter Qualität lief ihr in die Augen. Sie wischte sie sich mit ihren kleinen Fäusten weg und murmelte tonlos und müde: «Oh, verfluchte Scheiße.»

«Wir können nicht länger so auf dem Treppenabsatz rumstehen», erklärte Gerfaut.

Gassowitz wich in die Diele zurück, nahm die Frau in seine Arme und drückte ihren Kopf gegen seine Schulter. Er streichelte ihr Haar. Gleichzeitig blickte er Gerfaut hinterlistig und zornig an. Gerfaut trat langsam ins Innere der Wohnung. Mit dem Fuß stieß Gassowitz die Tür hinter Gerfaut zu.

«Mein kleiner Schatz, mein Herz», murmelte er, «geh ins Schlafzimmer.»

Die Witwe Mouzon ging ins Schlafzimmer. Gassowitz führte Gerfaut in die mit einem Resopaltisch ausgestattete Küche. Dabei durchbohrte er den Besucher weiterhin unablässig mit seinem dunkelblauen Blick. Gerfaut setzte sich, ohne dazu aufgefordert worden zu sein. Ihm wurde bewußt, daß er sehr heftig schwitzte, und daß dies allein an der Leidenschaft lag, die in dem kleinen Raum herrschte, in jeder Hinsicht.

«Verdammter Mist», sagte Gerfaut, «ich hatte absolut keine… Das war nicht vorgesehen. Hören Sie, sie hat doch mit Ihnen darüber geredet. Ich mein, wer ist das erste Mal hergekommen? Ich mein, das letzte Mal, ein junger dunkelhaariger Typ, oder? Ein junger Mann mit gewelltem schwarzem Haar und blauen Augen, oder? Und ein großer Typ mit Pferdezähnen, ein älterer Typ?»

«Der junge Mann», antwortete Gassowitz. «Die beiden sind zusammen gekommen. Aber vor allem der junge Mann.»

«Den hab ich gestern getötet», sagte Gerfaut unvermittelt. «Dem hab ich seinen verdammten Schädel zertrümmert, ich hab ihm den Kopf zerschlagen.»

Und selbst völlig verdutzt löste sich Gerfaut in Tränen auf. Er winkelte die Arme auf dem Resopaltisch an, legte seine Stirn auf die Unterarme und schluchzte nervös. Seine Tränen versiegten sofort wieder, doch er blieb noch ein paar Minuten so liegen, zitternd und mit dem Geräusch eines brasilianischen Musikinstruments ein- und ausatmend.

Ohne Zärtlichkeit klopfte Gassowitz ihm auf die Schulter.

«Trinken Sie einen.»

Gerfaut richtete sich wieder auf, umklammerte das Senfglas, das man ihm hinhielt, und leerte die sechs Zentiliter reinen Ricard. Es verbrannte ihm die Kehle, und er spürte den Alkohol sehr langsam, wie ein kleines rauhes und heißes Ei, seine verkrampfte Speiseröhre hinunterrinnen. Gassowitz setzte sich bedächtig auf einen Küchenstuhl, das linke Bein ausgestreckt, das rechte angewinkelt. Gerfaut warf einen Blick auf die Schuhe des Mannes, irgendwelche geflochtenen Dinger minderer Qualität, und gelangte zu der Überzeugung, daß, wenn er in diesem Augenblick zur Tür stürmen wollte, Gassowitz ihm seinen rechten Fuß voll in die Fresse knallen würde, und zwar ohne sich auch nur von seinem Stuhl zu erheben.

«Die haben Mouzon umgebracht, ganz klar», setzte Gerfaut an. «Und dann sind die hergekommen, um sich zu vergewissern, daß die Witwe nichts wußte. Hätte sie was gewußt, dann hätten die sie ebenfalls umgelegt. Die haben sich da ganz gründlich vergewissert.» (Er warf einen Blick auf Gassowitz' weiße Lippen.) «Was sind Sie genau? Sie sind natürlich ihr Liebhaber. Sie haben sie erst danach kennengelernt. Hören Sie, ich will gar nicht wissen, was die ihr angetan haben.»

«Nein», entgegnete Gassowitz im Plauderton.

«Hören Sie», wiederholte Gerfaut, «ich bin der Typ, der Mouzon am Straßenrand aufgesammelt hat. Ich hab's für einen Unfall gehalten. Ich war das auch, der ihn im Krankenhaus abgeliefert hat. Und anschließend haben die mich aufgespürt. Die hatten zwar einige Mühe, aber die haben mich mehrmals wiedergefunden, und sie haben mir Schlimmeres angetan als ... Ach, ich weiß nicht, ob die mir tatsächlich was Schlimmeres angetan haben. Ich kann versuchen, Ihnen ein paar Details zu erzählen, wenn Sie wollen. Ich muß unbedingt herausfinden, ob hinter den beiden noch jemand steckt. Die haben gesehen, wie ich Mouzon Hilfe geleistet hab. Und sich das Kennzeichen meines Wagens aufgeschrieben. Ich vermute, die haben gedacht, daß ich seine letzten Worte vernommen hab. Das ist grotesk, und so konventionell. Hören Sie ...»

«Ich will Details», sagte Gassowitz.

«Versuchen wir's», meinte Gerfaut und erzählte dem Typ mit den kräftigen Schultern alles.

Dies nahm mehr als eine halbe Stunde in Anspruch, da Gassowitz Fragen stellte, auf die Gerfaut nicht immer antworten konnte. So wollte Gassowitz zum Beispiel wissen, weshalb Gerfaut nicht zur Polizei gegangen war, und Gerfaut erwiderte ihm, er habe es nicht getan, weil das beschissen sei.

«Aber trotzdem», wandte Gassowitz ein, «sich einfach so zu verdrücken, also wirklich!»

«Jaja. Ich weiß schon. Ich kann's mir auch nicht erklären, ich versteh's selbst nicht so recht.»

«Oder Sie hatten die Schnauze voll.»

«Aber kann es denn so simpel sein?»

«Ja», sagte Gassowitz.

Und der Mann wollte noch wissen, wie es passieren konnte, daß die beiden Typen an der Tankstelle auf Gerfaut gestoßen seien, damals, als der Typ mit den Pferdezähnen verbrannt war, doch auch dafür hatte Gerfaut keine Erklärung.

Und Eliane Mouzon kam mit ihrem hübschen, doch vollkommen aufgelösten und verwüsteten Gesicht, um nachzusehen, was los war, und Gassowitz schickte sie wieder weg mit den Worten, er werde es ihr später erklären, allerdings tat er dies mit großer Zärtlichkeit.

«So, das ist ungefähr alles», sagte Gerfaut schließlich. «Sind Sie zufrieden?»

«Wenn man so sagen kann», knurrte Gassowitz.

Gerfaut trank noch ein wenig mit Wasser verdünnten Ricard.

«Ich weiß gar nicht, warum ich Ihnen das alles erzählt habe. Mich interessiert nur, die Person zu finden, die hinter diesen beiden Dreckskerlen steckt, und Sie wissen nichts, Ihre … Madame Mouzon weiß nichts, andernfalls hätten die sie ja nicht so davonkommen lassen und …»

«Das interessiert mich auch», fiel ihm Gassowitz ins Wort.

«Ja, aber Sie wissen ja nichts, Sie wissen nicht, warum …»

«Hodeng», unterbrach ihn Gassowitz abermals.

«Was?»

«Philippe Hodeng, Mouzon und er arbeiteten zusammen als Rechtsberater, wissen Sie, die beiden befaßten sich damit, arme Kerle dazu zu bringen, ihre Schulden zu bezahlen, indem sie die ein bißchen erschreckten, verstehen Sie? Durch Schreiben mit Briefkopf und solchen Kram, der eben juristisch aussieht, verstehen Sie?»

«Schuldeninkasso.»

«So was in der Art. Ziemlich widerlich. Aber die kamen ständig an alle möglichen Sachen ran. Die fanden Informationen über die Leute heraus und boten denen ihre Dienste an, verstehen Sie? Mouzon war früher mal Polizist, wußten Sie das nicht?»

«Nein.»

«Doch. Nun ja, das steht jedenfalls fest. Die haben ihn ausgestrichen oder so, ich weiß nicht, wie das genau heißt, und er ist wegen irgendeiner Diebstahlgeschichte verurteilt worden, als er noch Flic war, mein ich. Aber die Strafe wurde ihm erlassen, und deshalb hat er auch seine Kanzlei aufziehen können. Und Hodeng, na ja, ich weiß es nicht genau, aber ich glaub, der war so 'ne Art Informant von Mouzon, bevor er nicht mehr Flic war, also der Mouzon, bevor sich die beiden zusammengetan haben. Verstehen Sie?»

«Ja.»

«Und Hodeng, also kurz nachdem Mouzon gestorben ist, oder sogar am nächsten Tag, da hat er 'nen schweren Unfall gehabt.»

«Tot?»

«Nein.»

«Kann man den irgendwo finden?»

«Monsieur Gerfaut», meinte Gassowitz, «ich werd Sie

hinfahren. Ich will mit Ihnen gehen. Sie müssen mir nur einen Moment Zeit lassen, damit ich Eliane noch Bescheid sage, damit sie sich keine Sorgen macht, aber ich will mit Ihnen gehen. Ich kann das, weil ich nicht arbeite, in letzter Zeit. Und ich muß, verstehen Sie, ich muß unbedingt mit Ihnen gehen.»

«Gut», sagte Gerfaut. «Gut. Ja.»

22

Sie fanden Philippe Hodeng dort, wo er sich zur Zeit befand, in einem schmuddeligen Altenheim in Chelles, und in dem Zustand, in dem er sich zur Zeit befand, das heißt bewegungsunfähig und fast stumm. Er bewohnte ein schäbiges und düsteres Zimmer im ersten Stock eines der vier oder fünf Häuschen, aus denen dieses Etablissement bestand. Die Kastanien im Innenhof standen voller grellgrüner junger Blätter über dem mit Hundehaufen vermischten Kies. Philippe Hodeng war zweiundfünfzig Jahre alt und wirkte wie siebzig oder hundert oder noch darüber. Er saß in einem Rollstuhl. Eine karierte Wolldecke lag über seinen gelähmten Beinen. Als er aus dem Fenster der Kanzlei Mouzon & Hodeng gestürzt war, hatte er sich die Wirbelsäule gebrochen. Vor oder nachdem er gefallen war, hatte er mehrere sehr brutale Schläge auf den Hals erhalten. Sein Kehlkopf war zertrümmert worden. Der Mann hatte einen Luftröhrenschnitt und verschiedene Operationen über sich ergehen lassen müssen. Seine Stimmbänder waren zerstört, und der Mann blieb dauerhaft behindert. Es gab Möglichkeiten, ihm die Stimme wieder «wissenschaftlich» anzulernen, doch war Hodeng nicht in der Lage, sie zu bezahlen. Trotzdem, mit Hilfe der Anleitungen eines amerikanischen Buches konnte er allmählich wieder durch schwierige Kontraktionen des Zwerchfells und der Luftröhre sinnvolle Laute erzeugen. Das Ergebnis, heiser, flötend und pneumatisch, erinnerte zugleich an François Mauriac* wie an Roland Kirk*.

Hodeng trug einen dünnen glänzenden Anzug, ein verwaschenes gelbes Nylonhemd mit offenem großem Kragen, und dazu eine Baskenmütze. Um seinen zahnlosen Mund herum waren zahllose Risse und weiße Falten zu sehen. Seine Brille war grün, sein Haar gelblich weiß. Der Gesamteindruck völlig trostlos.

Zu ihm vorzudringen, bereitete Gerfaut und Gassowitz keinerlei Schwierigkeiten. Sie erkundigten sich im Verwaltungsbüro der Einrichtung, und ein dickes schlecht gekämmtes Mädchen mit schlaffen Wangen und Schweißrändern unter den Armen gab, ohne zu zögern oder zu fragen, Auskunft. Übrigens, in den verschiedenen Zimmern der Einrichtung waren die alten Leute sich selbst überlassen; man begnügte sich damit, ihre Zimmer ein bißchen zu säubern und das Bettzeug zweimal im Monat zu wechseln, im Speisesaal diejenigen zu füttern, die sich noch bewegen konnten, und den anderen das Essen aufs Zimmer zu bringen, und alle zu schelten, die in die Hosen machten.

Die Schwierigkeiten stellten sich erst ein, nachdem Gerfaut und Gassowitz in Hodengs Behausung gelangt waren, denn der Behinderte langte prompt unter seine Decke, um eine kleine halbautomatische 7,65er, auf deren Griff in dicken Lettern das Wort VENUS stand, auf die beiden zu richten.

«Hallo», meinte Gassowitz, «nur keine Aufregung, wir sind von der Sozialversicherung.»

Im selben Moment packte der Mann mit den kräftigen Schultern den leeren Schirmständer, sein Arm fegte durch die Luft, der Schirmständer schlug gegen die kleine Pistole und entriß sie Hodengs Fingern und ließ sie auf den schmutzigen Teppich segeln. Dann machte Gassowitz einen Schritt nach vorn und stieß die Waffe mit dem Fuß unters Bett. Hodeng setzte seinen Rollstuhl in Bewegung und wich unter Knirschen und Pfeifen und Ächzen schnell zurück, um die Wand im Rücken zu haben. Dann legten Gerfaut und Gassowitz ihr kleines Anliegen dar, zumindest das, was Hodeng darüber zu wissen brauchte; und Hodeng unterrichtete sie, sagte ihnen, was sie wissen wollten.

Das ging ziemlich schnell und ziemlich einfach vor sich.

«Nein. Angst», sagte der alte Mann pneumatisch an einem bestimmten Punkt ihrer Unterhaltung (und es klang eher wie: Naihh… Angsss… Doch zu diesem Zeitpunkt waren Gerfaut und Gassowitz bereits so weit, daß sie die hervorgebrachten Laute recht mühelos verstanden).

«Die können Ihnen wirklich nichts mehr tun», sagte Gerfaut.

«Ischng… Aaam… Lemn.»

«Er meint, er hängt am Leben», bemerkte Gassowitz.

«Hören Sie, Hodeng», sagte Gerfaut zu Hodeng, «das kann ich verstehen. Deshalb hab ich Ihnen ja auch zum Teil erzählt, was die mir angetan haben. Deshalb werden Sie mir glauben, wenn ich Ihnen sage: Entweder reden Sie jetzt, oder ich bring Sie um. Sie sagen mir, wer hinter diesen beiden Dreckskerlen steckt, sonst bring ich

Sie um. Ich töte Sie auf der Stelle. Verstehen Sie? Glauben Sie mir vielleicht nicht?»

Hodeng nickte heftig, nachdem er einen Augenblick nachgedacht hatte, und verlangte Papier und einen Stift. Er verfaßte einen Text, der vier Notizbuchseiten mit einer winzigen Schrift ausfüllte. Von Zeit zu Zeit unterbrachen Gerfaut und Gassowitz den Behinderten, um nähere Erklärungen zu verlangen. Schließlich waren sie fertig, und die Sache war klar. Gerfaut steckte die vier Notizbuchseiten ein.

«Wir werden uns bemühen, daß das nicht auf sie zurückfällt», sagte er zu Hodeng.

«Isss-blöhht, he?» meinte Hodeng angestrengt. «Aaam Lebn häng ...» (Er zeigte auf seine toten Beine und dann auf seine tote Kehle und auf das beschissene Zimmer und auf die beschissene Landschaft draußen, machte eine vage Geste und lächelte selbstironisch.) «Töten», hustete er hervor, «Schwaiin'hunnd, äh ...»

In Gassowitz' verrottetem Peugeot 203 kehrten Gerfaut und der Arbeitslose nach Paris zurück und fuhren über den Boulevard Périphérique einmal um die ganze Stadt. Sie brauchten lange, denn es war gerade Berufsverkehr und der Périphérique verstopft. Sie sprachen nicht und dachten kaum nach. Gegen 18 Uhr 45 fädelten sie sich in die Autoroute de l'Ouest ein. Hinter der Abzweigung nach Chartres konnten sie schneller fahren. Gerfaut öffnete die Jutetasche, die zu seinen Füßen auf dem Fahrzeugboden stand. Er zog die Beretta und ihren Schalldämpfer hervor. Hantierte eine Weile mit der Waffe, um sich mit ihrem Mechanismus vertraut zu machen. Der 203 fuhr bei Meulan von der Autobahn ab. Gassowitz hielt vor einer Drogerie, die noch geöffnet hatte, stieg aus dem Auto und betrat den Laden. Er kam mit zwei Paar Haushaltshandschuhen aus Plastik zurück, wie sie die Hausfrauen zum Geschirrspülen anziehen. Davon gab er Gerfaut ein Paar. Jeder stopfte sein Paar in die Jackentasche. Der 203 fuhr wieder los in Richtung Magny-en-Vexin.

«Sie», setzte Gerfaut an, «Sie lieben sie vielleicht, Eliane Mouzon. Aber ich… die Frau, die da oben, im Gebirge, getötet wurde, hab ich nicht geliebt, wissen Sie. Sie war wirklich sehr schön, aber…» (Er brach ab und saß beinahe eine Minute schweigend da.) «Ich sollte vielleicht nicht so wütend sein, wie ich's bin», sagte er schließlich.

«Wollen Sie, daß wir anhalten, um zu Abend zu essen und nachzudenken?» fragte Gassowitz.

«Nein.»

«Wollen Sie, daß ich Sie an einem Bahnhof absetze, und Sie lassen mir Ihre Waffe hier?»

«Nein, bestimmt nicht», erwiderte Gerfaut.

Sie fuhren durch Magny-en-Vexin und weiter in Richtung des Weilers Vilneuil. Zehn Kilometer vor Vilneuil parkte Gassowitz den Wagen auf dem Seitenstreifen. Im Wagen sitzend, warteten sie, ohne zu reden, auf die Nacht.

23

Nachdem er in der Küche Konserven und Obst zu Abend gegessen hatte, räumte Alonso das schmutzige Geschirr in die Geschirrspülmaschine, in der es sich zu dem vom Frühstück gesellte. Die Sharp-Anlage spielte Chopin. Die Hündin Elizabeth trottete ihrem Herrn hinterher, als dieser seine Runde durch das Haus machte, um nachzuprüfen, ob die Fenster gut verschlossen waren. Vor jedem der Fenster blieb er stehen und sah durch sein Fernglas nach draußen. Er hatte auch seinen Colt Officer's Target am Gürtel, in einem Halfter mit Klappe. Alonso trug Shorts und Hemd, abgetragen und khakifarben. Im Ausschnitt seines Hemdes waren weiße Brusthaare zu sehen. Gewissenhaft setzte er seinen Rundgang durchs Haus fort, nahm sämtliche Türen und Fenster in Augenschein. Er war sehr vorsichtig. Vergangenes Jahr waren zwei komische Privatdetektive ganz zufällig auf ihn gestoßen, als sie Erkundigungen eingezogen hatten, ob in der Nähe von Magny-en-Vexin nicht womöglich ein großer amerikanischer Gauner lebe. Und sie hatten in mühseliger Kleinarbeit eine recht beachtliche Menge Auskünfte über Alonso zusammengetragen. Und ihn zu erpressen versucht. Doch er hatte ihnen seine Killer geschickt, sozusagen routinemäßig. (Um sein Inkognito zu wahren, hatte er bereits zuvor auf die Talente von Carlo und Bastien zurückgegriffen. Er hatte vier Leute, über die man bis zu ihm hätte vordringen können, umbringen lassen.) Und Bastien und Carlo hatten das Problem geregelt, bis auf den Fall Gerfaut, der für Alonso ein ärgerliches und beunruhigendes Rätsel blieb. Alonso hatte darauf bestanden, daß dieser Schwachkopf, der Mouzon im Krankenhaus abgeliefert hatte, ebenfalls bearbeitet werden sollte. Und später hatte er aus dem Radio erfahren, daß Gerfaut und Carlo verschwunden waren und Bastien tot war, oder aber daß Carlo tot und Gerfaut sowie Bastien verschwunden waren. Er wußte nicht, welcher seiner beiden Killer bei dem Brand umgekommen war. Nach elf Monaten hoffte Alonso nun, daß alle tot wären, die beiden Killer und auch dieser Schwachkopf. Jedenfalls hatte er nie mehr was von ihnen gehört.

Alonso setzte sich an seinen Schreibtisch im Büro. Das Bullmastiffweibchen Elizabeth legte sich neben ihn auf den Teppich. Mit seinem Parker-Füller arbeitete Alonso eine Stunde an seinen Memoiren. *«Man muß der Gewalt ein Ende setzen»*, schrieb er. *«Die beste Methode, der Gewalt ein Ende zu setzen, besteht in der Bestrafung jener Individuen, die sich ihr hingeben, zu welcher sozialen Schicht sie auch immer gehören mögen. Diese Individuen sind normalerweise nicht sehr zahlreich. Und deshalb schien mir die repräsentative Demokratie, ihrem Prinzip nach, seit jeher die beste nationale Verwaltungsform zu sein. Unglücklicherweise werden die freien Länder daran gehindert, nach ihren Prinzipien zu leben, denn die kommunistische Subversion schleicht sich in ihre Organismen ein und ruft dort in rückfallartig wiederkehrender und endemischer Weise Anfälle von Fäulnis hervor.»* Er stand auf und machte erneut einen Rundgang durchs Haus, dabei machte er überall die Fensterläden zu. Die Nacht brach herein. Es war 20 Uhr 15. Die Sharp-Anlage ließ etwas von Grieg im ganzen Haus erklingen, dann wechselte sie die Platte und spielte was von Liszt. Alonso stieg mit einem dicken Band von Clausewitz in den ersten Stock. Er ließ sich ein kochend heißes Bad einlaufen, kleidete sich aus und stieg das Gesicht verziehend ins Wasser. Er hatte seinen Colt auf dem Toilettendeckel direkt neben der Badewanne abgelegt. Er machte es sich im Wasser bequem, gab leise Seufzer des Unbehagens oder der Wonne von sich. Um 20 Uhr 22 begann die sehr kräftige, im Speicher des Gemäuers installierte Sirene der Lynx-Alarmanlage zu heulen, denn Gerfaut und Gassowitz hatten soeben das Gittertor des Anwesens aufgebrochen.

Erschrocken ließ Alonso *Vom Kriege* zwischen seine Schenkel ins heiße Badewasser fallen. Er sprang mit einem Schwall Wasser aus der Wanne, griff nach seinem Revolver. Seine Finger rutschten ab, und er ließ die Waffe zu Boden fallen. Er warf sich auf die Knie, um sie aufzuheben. In dem verwahrlosten Garten vor dem Haus wurden Gerfaut und Gassowitz einen Augenblick lang vom Lärm der Sirene, der sicherlich im Umkreis von einem Kilometer zu hören war, irritiert. Alonsos Haus stand ungefähr zweihundert Meter von den anderen Häusern des Weilers entfernt. Gerfaut stieß ein Knurren aus und stürmte vorwärts. Er hatte die Beretta in der linken Hand und in der rechten eines der Montiereisen, mit denen die beiden Männer soeben das Eingangstor aufgebrochen hatten. Gassowitz zögerte kurz, stürmte dann aber hinter Gerfaut her. Er hielt das andere Montiereisen und eine abgeschaltete Batterielampe der Marke Wonder in den Händen. Es war noch nicht stockdunkel, man konnte ein paar Meter weit sehen. Gerfaut erreichte die Fassade des Hauses und machte sich mit seinem Montiereisen an einem Fensterladen zu schaffen.

Im Badezimmer im ersten Stock richtete sich Alonso, seinen Colt in der Hand, wieder auf. Die Augen waren hervorgetreten, und er atmete mühsam. Das Badewasser triefte von seinem blassen und dicklichen Körper. Er machte ein paar ruckartige und unvollendete Bewegungen, als versuchte er, zur Tür oder in diese oder jene Richtung zu stürzen. Mechanisch fischte er mit verdrossener Miene das Buch aus der Badewanne, schüttelte den durchnäßten Band, um ihn abtropfen zu lassen, und drehte sich auf der Suche nach einem Ort, wo er ihn ablegen könnte, einmal um sich selbst. Durch den wütenden, anhaltenden und bohrenden Heidenlärm der Sirene hindurch vernahm er das wütende Gebell der Hündin Elizabeth im Erdgeschoß und das Krachen von Holz und zersplitterndem Glas.

Gerfaut hatte gerade den Laden des Bürofensters aufgestemmt, schwang sich dann ohne jede Vorsichtsmaßnahme auf die Fensterbrüstung und trat die Scheiben mit dem Absatz ein. Das Licht im Raum war eingeschaltet. Gerfaut stieg durch das Fenster und landete in der Hocke auf dem Schreibtisch. Bellend sprang ihm das Bullmastiffweibchen an die Kehle. Gerfaut verpaßte ihm mit der Beretta einen Schuß ins Maul. Die Hündin wurde zur Seite geschleudert und schlug gegen die Wand, auf der sie einen großen Blutspritzer hinterließ. Sie rollte über den Boden, rappelte sich wieder auf und ging erneut entsetzlich knurrend zum Angriff über. Ein Teil ihres Unterkiefers fehlte, und der Rest war zerschmettert und schief, doch Elizabeth sprang auf den Schreibtisch und versuchte Gerfaut zu beißen. Unterdessen hatte sich Gassowitz auf die Fensterbrüstung hochgezogen. Gerfaut schoß der Hündin drei Kugeln in den Körper, dann schleuderte er das Tier mit einem Fußtritt zu Boden, an die Wand, wo Elizabeth, noch immer am Leben, sich wand, und wieder hochzukommen versuchte. Gerfaut mußte sich übergeben. Er sprang vom Schreibtisch, wobei er, sich weiterhin übergebend, das Durchschlagpapier verstreute, auf dem Alonso seine Memoiren verfaßte. Er lief zu der Hündin, preßte ihr den Lauf der Beretta gegen den Schädel und drückte wie von Sinnen auf den Abzug. Kurz darauf hatte er keine Munition mehr. Die Hündin war tot. Von Brechreiz geschüttelt, riß Gerfaut das Magazin der Halbautomatik heraus, holte ein Wechselmagazin aus seiner Jackentasche und führte es ein. Dann lud er die Beretta durch.

«Oh, là, là», sagte Gassowitz gerade, während er sich das Gemetzel ansah.

Alonso platzte ins Büro, ein nackter und pummeliger, mit Wassertröpfchen bedeckter Mann mit einem Revolver in der einen Hand und einem aufgeweichten dicken Buch in der anderen. Er hob den Revolver, doch Gerfaut war schneller und jagte ihm eine Kugel in den Bauch. Der nackte Mann fiel zu Boden, voll auf den Hintern, knallte mit dem Rücken gegen den Rahmen der Verbindungstür, ließ seinen Revolver und das Buch los und faßte sich, das Gesicht schmerzverzerrt, mit beiden Händen an die Einschußstelle am Bauch.

«Ich bin Georges Gerfaut», sagte Georges Gerfaut. «Und Sie sind Alonso Eduardo Rhadames Philip Emerich y Emerich, nicht wahr?»

«Nein, das bin ich nicht, das bin nicht ich, au, au, tut das weh», sagte Alonso.

«Aber sicher ist er das», erklärte Gassowitz.

«Was sagst du?» fragte Gerfaut Gassowitz, denn er hatte ihn nicht gut gehört wegen der weiterhin heulenden Sirene, von Liszt ganz zu schweigen.

«Ja!» brüllte Alonso. «Ja! Ich bin's! Ich werd euch abmurksen! Ich find euch wieder! Ich scheiß auf euch!»

Das angestrengte Schreien erschöpfte ihn. Er lehnte den Kopf gegen den Türrahmen und begann leise zu wimmern. Gerfaut hob die Beretta. Doch Gassowitz griff ihm in den Arm.

«Laß ihn leiden», empfahl er.

Gerfaut ließ den Arm sinken. Blut floß aus dem Bauch des nackten Mannes.

«Nein, das ist unerträglich», meinte Gerfaut und hob erneut die Beretta und trat zwei Schritte vor und tötete Alonso kurzerhand mit einer Kugel in den Kopf.

Gassowitz und Gerfaut blickten sich an. Plötzlich erinnerten sie sich wieder an die Sirene, die nach wie vor heulte, und besannen sich darauf, daß sie hier nicht alt werden durften. Sie kletterten nacheinander auf den Schreibtisch, stiegen von dort auf die Fensterbrüstung und sprangen in den verwahrlosten Garten. Über Grasbüschel und durch Sträucher stolpernd, rannten sie zum Eingangstor. Auf der Straße davor standen drei Männer mit zwei Taschenlampen, Bauern aus dem Weiler in Arbeitskleidung mit Béret oder Schirmmütze.

«Was ist da los?» fragten sie Gerfaut und Gassowitz, als diese von dem Grundstück kamen.

Gerfaut und Gassowitz stießen sie einfach zur Seite und flohen hastig über die Straße.

«Halt! Diebe! Hilfe, Diebe!» schrien die Bauern.

Gerfaut und Gassowitz erreichten den Feldweg, an dessen Einfahrt sie den alten 203 abgestellt hatten. Keuchend und mit klopfendem Herzen stiegen sie in den Wagen. Die Bauern verfolgten sie nicht, die Bauern beratschlagten sich auf der Straße und einigten sich darauf, daß man nachsehen müsse, was denn bei Monsieur Taylor passiert sei, und anschließend unter Umständen die Gendarmen rufen würde. Hundert Meter von den Bauern entfernt fuhr der 203 nun im Rückwärtsgang aus dem Feldweg, dann wendete er und entfernte sich von ihnen und verschwand schließlich in einer Kurve.

«Das war zum Kotzen», sagte Gerfaut.

«Nein», erwiderte Gassowitz. «Mich hat es erleichtert. Eliane ist gerächt, verstehen Sie?»

«Ja, wenn Sie meinen», sagte Gerfaut zustimmend.

Später, als sie auf der Autobahn Richtung Paris fuhren, bat Gerfaut Gassowitz, ihn bei ihrer Ankunft in der Stadt an der Porte d'Italie abzusetzen. Und Gassowitz setzte ihn dort kurz nach 10 Uhr 15 abends ab. Die beiden Männer drückten sich die Hand. Der 203 fuhr davon. Gerfaut war nun zwei Schritte von seinem Zuhause entfernt, das heißt von seinem festen Wohnsitz. Er ging zu Fuß dorthin, nahm den Fahrstuhl hinauf in seine Etage und klingelte an der Tür. Béa öffnete ihm und riß Mund und Augen ganz weit auf, während sie ihn anstarrte, und voller Verblüffung ihre Hand vor den Mund hielt.

«Ich bin zurück», sagte Gerfaut.

24

Nachdem Béa ihn mit tonloser Stimme zum Eintreten aufgefordert hatte, ging Gerfaut ins Wohnzimmer, das sich nicht verändert hatte. Sein Gesicht hatte einen konzentrierten und geistesabwesenden Ausdruck. Mechanisch schaltete er die Quadrophonieanlage ein und legte ein Duett von Lee Konitz und Warne Marsh auf den Teller des Plattenspielers. Dann setzte er sich auf das Sofa. Béa stand in der Wohnzimmertür und beobachtete ihn. Abrupt wandte sie sich ab und ging in die Küche, wo sie sich einen Moment an die Wand lehnte. Ihr Unterkiefer bewegte sich, als spräche sie, doch sie sprach kein Wort. Dann brachte sie Gerfaut einen Cutty Sark, voller Eiswürfel und verdünnt mit Perrier, und sich selbst einen Cutty Sark pur. Gerfaut sagte danke. Er blätterte die Papiere durch, die auf dem Kaffeetisch lagen. Darunter befand sich ein sechs Monate alter Brief seines Schachpartners, des pensionierten Mathematikstudienrates aus Bordeaux. Dieser erklärte Gerfaut in gesetzten Worten – hinter denen man eine gewisse Verärgerung spürte –, er fühle sich zu der Ansicht genötigt, daß Gerfaut ihre Partie wegen Zeitüberschreitung verloren habe, da er nicht innerhalb der Frist auf den siebten Zug von Schwarz (7… Dc7) geantwortet habe. Gerfaut hob den Kopf.

«Was sagst du?»

«Ich sagte, wo kommst du her?» fragte Béa mit sehr leiser Stimme.

«Ich weiß es nicht.»

«Du riechst nach Erbrochenem. Auf deiner Hose ist Erbrochenes. Du bist ganz schmutzig.» (Plötzlich schluchzte sie auf und warf sich auf das Sofa, an Gerfauts Seite, schloß ihn in die Arme und drückte ihn ganz fest an sich.) «O mein Liebling, Liebling», sagte sie, «o Liebling, mein Liebling, wo kommst du her?»

«Aber es ist die Wahrheit», antwortete er. «Ich weiß es nicht.»

Dies ist bis heute seine Haltung geblieben. Er behauptet, nichts zu wissen. Er selbst ist nicht der erste, der, was seinen Fall angeht, das Wort Amnesie ausgesprochen hat, doch inzwischen redet er oft von seiner Amnesie, wenn das Thema zur Sprache kommt. Sollte man ihm glauben, so hat er keinerlei Erinnerungen an seine Erlebnisse zwischen dem Augenblick, als er an jenem Juliabend sein Ferienhaus in Saint-Georges-de-Didonne verließ, um Zigaretten zu kaufen, und diesem anderen, an dem er sich an einem Maiabend, mit Erbrochenem auf seiner Hose in der Nachbarschaft seines festen Wohnsitzes umherirrend, wiederfand. Was seiner Geschichte eine gewisse Glaubhaftigkeit verleiht, ist die Narbe an seinem Kopf, die von einer Kugel oder von einem stumpfen Gegenstand herrühren kann und seinem Hirn einen erheblichen Schock versetzt haben dürfte.

Er ist mehrfach von der Polizei und von einem Ermittlungsrichter befragt worden. In der Tat hatte man nach Bastiens Tod und vor allem nach dem des jungen Tankstellenpächters eine gerichtliche Voruntersuchung eröffnet. Gerfaut gab zu, es sei durchaus möglich, daß er den Taunus gemietet habe, wie es auch möglich sei, daß seine Amnesie durch einen während des Gemetzels bei der Tankstelle erlittenen Schock verursacht worden sein könnte. In diesem Fall würde es sich um eine retrograde Amnesie handeln. Die Sache ist, medizinisch betrachtet, keineswegs einzigartig, im Gegenteil. Auch was eine Zeugenaussage Liétards anging, beabsichtigte Gerfaut zu sagen, daß er sich weder daran erinnere, diesem einen Besuch abgestattet zu haben, noch an den Inhalt der Unterhaltung, die sie geführt hätten, also jener höchst absonderlichen Killergeschichte. Dies war aber gar nicht nötig, denn Liétard, der keine Zeitung liest, kaum Radio hört und sich lediglich fürs Kino interessiert – Liétard hat keinerlei Aussage gemacht, er hat nicht einmal erfahren, daß Gerfaut mysteriöserweise von Juli bis Mai verschwunden war, und er weiß es bis heute nicht.

Der Behinderte Philippe Hodeng ist im August verstorben. Die Bauern, die Alonso Emerich y Emerichs Mörder fliehen sahen, konnten von diesen nur eine sehr vage und unbrauchbare Beschreibung liefern. So daß man keinerlei Verbindung herstellen konnte zwischen der Ermordung Alonsos und Gerfaut, und im übrigen ist man auch gar nicht auf die Idee gekommen, genauso wenig, wie etwa Gerfaut mit den Morden an Alphonsine Raguse-Peyronnet und jenem unbekannten Besitzer eines falschen Führerscheins auf den Namen Edmond Bron in Verbindung zu bringen, die Anfang Mai im Gebiet La Vanoise verübt wurden – einem Doppelmord also, in dessen Zusammenhang man weiterhin nach einem gewissen Georges Sorel fahndet. Der einzige, der etliches über Gerfaut und das, was er von Juli bis Mai gemacht hat, erzählen könnte, das ist Gassowitz, doch der hat alle Gründe der Welt, sich nicht bemerkbar zu machen.

Gerfauts Position ist also unanfechtbar, und das weiß er. Da er in seiner frühen Jugend Aktivist der Linken gewesen war, hat er früher einmal mehrere Handbücher und Erlebnisberichte gelesen, die für jemanden, der Polizisten und Untersuchungsrichtern die Stirn bieten möchte, sehr nützlich sind. Und er hat ihnen die Stirn geboten, ist nie von seiner Haltung vollkommener, harmloser, hilfsbereiter und tief betroffener Ahnungslosigkeit abgewichen. Und man hat aufgegeben, ihm Fragen zu stellen, und die Vernehmungen wurden seltener, dann haben sie aufgehört.

Was sein Berufsleben betrifft, so konnte Gerfaut trotz der Krise wieder eine Beschäftigung als leitender Angestellter in demselben Unternehmen finden, in dem er vorher beschäftigt gewesen war. Sein Verantwortungsbereich und sein Gehalt sind zwar kleiner, da er jedoch zur vollen Zufriedenheit arbeitet, ist er sicher, daß er nach einer Probezeit wieder eine Stellung und ein entsprechendes Gehalt wie vor seinem Verschwinden bekommen wird.

Béa ist Gerfaut in den zehn Monaten seiner Abwesenheit treu geblieben. Danach hat sie ihn erst mal sehr verhätschelt. Dann hat sie wieder ihr gewohntes, gesundes und ungezwungenes Verhalten angenommen. Zwischen ihrem Mann und ihr läuft's in puncto Sex bestens, außer wenn Gerfaut mehr als vernünftig getrunken hat, weil er dann eine irre Zeit braucht, um zum Orgasmus zu kommen. Mittlerweile trinkt Gerfaut am liebsten Bourbon, keinen Scotch. Der einzige Punkt, wo sich sein Geschmack verändert hat, doch diese Veränderung trat im September ein, und offenbar scheint sie keine Auswirkung seines Verschwindens zu sein. Im August sind die Gerfauts in die Ferien nach Saint-Georges-de-Didonne gefahren, in ein gemietetes Haus, das fast zufällig schön und komfortabel war, so daß Gerfaut von seinem Aufenthalt begeistert war. Eine Zeitlang hat Béa Gerfaut bedrängt, sich einer Psychoanalyse zu unterziehen, um herauszufinden, was sein Geist verbirgt, doch er hat sich hartnäckig geweigert, und Béa hat schließlich aufgegeben und spricht nicht mehr davon.

Für Gerfaut läuft alles gut. Doch es kommt vor, daß er abends unmäßig Four-Roses-Bourbon trinkt und Barbiturate einnimmt und, anstatt einzuschlafen, in einen Zustand bitterer Erregung und Melancholie versinkt. Heute Abend zum Beispiel ist er, nachdem er sich mit Béa auf wenig befriedigende Weise geliebt hat, noch wach geblieben, während sie eingeschlafen ist. Er ist im Wohnzimmer gesessen, um sich was von Lennie Niehaus und von Brew Moore und von Hampton Hawes anzuhören und um weitere Four Roses zu trinken. In seinem Notizbuch hat er notiert, er hätte ein Künstler werden können oder eher noch ein Mann der Tat, ein Abenteurer, ein Haudegen und Konquistador, ein Revolutionär oder irgendeine andere Person. Dann hat er seine Schuhe und seine Jacke wieder angezogen und ist mit dem Lift in die Tiefgarage gefahren. Ist in seinen Mercedes gestiegen, der eine ernsthafte Inspektion gebraucht hatte, nachdem er zehn Monate in einer Garage von Saint-Georges-de-Didonne verbracht hatte. Doch der Wagen läuft sehr gut. Gerfaut ist an der Porte d'Ivry auf den äußeren Ring des Périphérique gebogen. Im Augenblick ist es 2 Uhr 30 oder vielleicht 3 Uhr 15 am Morgen, und Gerfaut fährt mit 145 km/h um Paris herum, während er aus seinem Kassettengerät *West-Coast*-Musik hört, vor allem Blues.

Es ist unmöglich, genau vorherzusagen, wie die Dinge für Georges Gerfaut laufen werden. Im großen und ganzen sieht man, wie es laufen wird, aber genau sieht man es nicht. Im großen und ganzen werden sie zerstört werden, diese Produktionsverhältnisse, in denen man die Gründe dafür suchen muß, daß Georges so mit verminderten Reflexen über den Périphérique rast und dabei diese Musik hört. Vielleicht wird Georges dann etwas anderes an den Tag legen als Langmut und Unterwürfigkeit, die er stets an den Tag gelegt hat. Das ist jedoch nicht wahrscheinlich. Einmal hat er, in fragwürdigem Kontext, ein recht bewegtes und blutiges Abenteuer erlebt; und anschließend fiel ihm nichts Besseres ein, als in den heimischen Stall zurückzukehren. Und im Stall wartet er nun ab. Die Tatsache, daß Georges in seinem Stall mit 145 km/h um Paris herum fährt, weist nur darauf hin, daß Georges ein Kind seiner Zeit ist, und auch seines Raumes.

ENDE

WORTERKLÄRUNGEN

About, Edmond: Autor (19. Jh). von Abenteuerromanen, z. B. *Der König der Berge.*

Alboches: Vorläufer von «Boches»: Schimpfwort für die Deutschen.

Banlieue(s): «Vorort, Vorstadt, Vorortgürtel», im besonderen das Einzugsgebiet einer Großstadt, vor allem von Paris.

CFDT: Conféderation française (et) démocratique du travail: «Französischer und demokratischer Arbeitsbund» (sozialistisch orientierte Gewerkschaft)

CGT: Conféderation générale du travail: «Allgemeiner Arbeitsbund» (kommunistisch orientierte Gewerkschaft)

Castoriadis, Cornelius: In Konstantinopel geborener frz. Philosoph, Verfechter eines marxistisch-antileninistischen Sozialismus, befaßte sich u. a. mit Gesellschaftsutopien, Mitbegründer der Gruppe *Socialisme ou Barbarie.*

Horresco referens: Lat. Zitat (Vergil: Aeneis): *«Mich schaudert, davon zu berichten»:* Ausspruch von Aeneas, als er vom trojanischen Krieg berichtet, später wieder aufgenommen von einem frz. Dichter angesichts der Verhaftung von Ludwig XVI.

Jammot, Armand: Urgestein des frz. Fernsehens, schuf etwa die Straßenfeger *Les Chiffres et les Lettres* (Zahlenrätsel und eine Art Scrabble für zwei Kandidaten und die ganze frz. Fernsehnation).

Karmitz, Marin: Produzent u. a. von Chabrol-Filmen.

Kollontai, Alexandra: (1872–1952) russische Theoretikerin und Politikerin, Feministin; im ersten Kabinett Lenin Volkskommissarin für das soziale Wohl; später Botschafterin in Norwegen, Mexiko und Schweden. Beeinflußt von A. Bebel und den Suffragetten, analysierte Kollontai das Verhältnis von Feminismus und Sozialismus.

L'Express, Le Point, Le Nouvel Observateur, Le Monde: Zumeist liberale bis progressive Zeitungen, *L'Echo des Savanes* ist ein Satireblatt.

Lip: Die Uhrenfabrik sollte 1972 durch einen internationalen Konzern stillgelegt werden. Die Belegschaft besetzte den Betrieb und verkaufte zu ihrer Finanzierung Uhren in eigener Regie.

Massif de la Vanoise: Gebirgsmassif und Nationalpark, die östlich von Grenoble und südlich des Mont Blanc liegen.

Mauriac, François u. *Kirk, Roland:* Der Autor Mauriac krächzte geradezu wegen seines zerstörten Kehlkopfs, und der nicht minder berühmte Saxophonist Kirk verstand es, virtuos auf drei Instrumenten gleichzeitig zu spielen.

Métrostation Charonne: Angespielt wird hier auf eine «Massenpanik» bei einer Demonstration gegen die rechtsradikale OAS am 8. Februar 1962, bei der in der erwähnten Station 9 Menschen erstickten und unzählige schwer verletzt wurden.

Morin, Edgar: Frz. Philosoph und Soziologe, bis 1951 Mitglied der frz. KP, widmet sich den Fragen der Kultur, ihrer Verbreitungsmittel und der sozialen Utopien.

PLM: eine der ersten modernen, komfortablen Hotelketten.

PSU: Parti socialiste unifé: «Vereinigte Sozialistische Partei».

Saint-Georges-de-Didonne: Kleiner Badeort, am Ausgang der Gironde an der frz. Atlantikküste.

SNCF: Die staatliche französische Eisenbahn.

Sorel, Georges: Gerfauts Pseudonym spielt auf den gleichnamigen frz. Soziologen an, der sich, beeinflußt vom revolutionären Syndikalismus, u. a. mit dem Phänomen Gewalt auseinandergesetzt hat.

Auch in diesem Buch von Manchette finden sich «sprechende Namen»:

Charançon: Rüsselkäfer.

Desroziers: Wie «des rosiers»: von den Rosensträuchern. (Die Rose in der Faust: Symbol der frz. Sozialisten.)

Gaillard: Gerfauts Pseudonym bedeutet: munter, lustig, frisch oder schlicht, auch Bursche, Kerl.

Gerfaut: Geierfalke.

Hodeng: Klingt wie «o dingue»: o Bekloppter.

Truong: Ähnlich wie «truand»: Gauner, Gangster.

Liétard: Wortspiel aus «lié»: gebunden, und «tard»: spät.

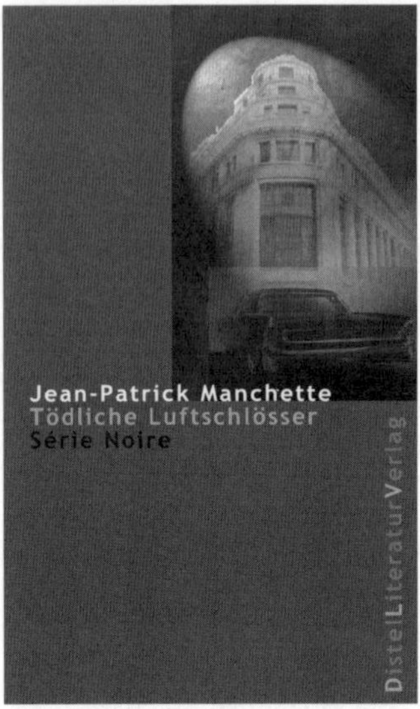

Der Killer Thompson übernimmt den Auftrag, ein Kind aus dem Weg zu räumen. Zunächst nur ein Job. Der wird jedoch zur Obsession, als das Kindermädchen Julie mit dem kleinen Jungen entkommen kann. Nun beginnt eine erbarmungslose Hetzjagd durch Frankreich, ein mörderisches Duell zwischen Julie und Thompson. **Verfilmt von Yves Boisset, mit Marlène Jobert.**

Jean-Patrick Manchette
Tödliche Luftschlösser
ISBN 3-923208-63-4

Die anarchistische Gruppe «Nada», eine Frau und vier Männer, entführt den amerikanischen Botschafter in Frankreich aus einem Pariser Luxusbordell. Kommissar Goémond, von höchster Stelle beauftragt, die Entführer aufzuspüren, übernimmt die Ausführung mit größtem Eifer. **Verfilmt von Claude Chabrol.**

Jean-Patrick Manchette
Nada
ISBN 3-923208-55-3

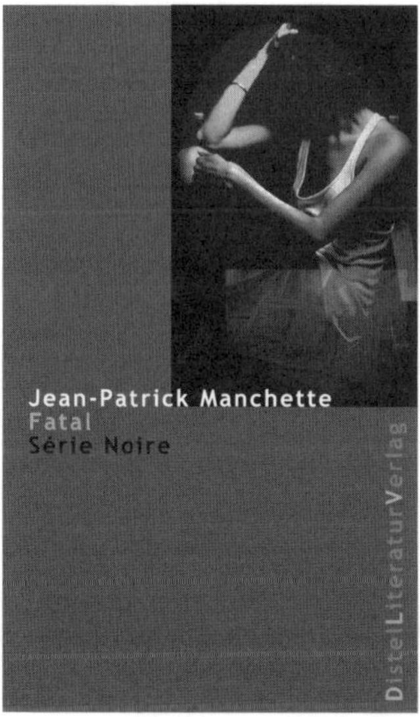

Aimée ist Killerin und zieht von Stadt zu Stadt. Jetzt ist sie in Bléville, einer kleinen Provinzstadt scheinbarer Wohlanständigkeit. Als ein örtlicher Skandal droht, den es zu vertuschen gilt, bietet Aimée den Honoratioren ihre Dienste an. «‹Fatal› rast wie ein führungsloser Nachtexpreß durch die Phantasie des Lesers. Auf gerade 148 Seiten entrollt der bitterböse Roman die Geschichte eines gezielten Amoklaufs.» *stern*

Jean-Patrick Manchette
Fatal
ISBN 3-923208-47-2

Die junge Fotoreporterin Ivory Pearl ist ausgepowert von ihren Einsätzen an den Krisenherden der Welt. Sie zieht sich auf Rat ihres Freundes Farakhan, ein englischer Geheimdienstagent, nach Kuba in die Sierra Maestra zurück. Dort kreuzt die Spur eines Verbrechens ihren Weg, das sich einige Jahre zuvor in Frankreich ereignet hat. Ivory wird plötzlich zur Schachfigur westlicher Geheimdienste und internationaler Waffenhändler.

Jean-Patrick Manchette
Blutprinzessin
ISBN 3-923208-49-9

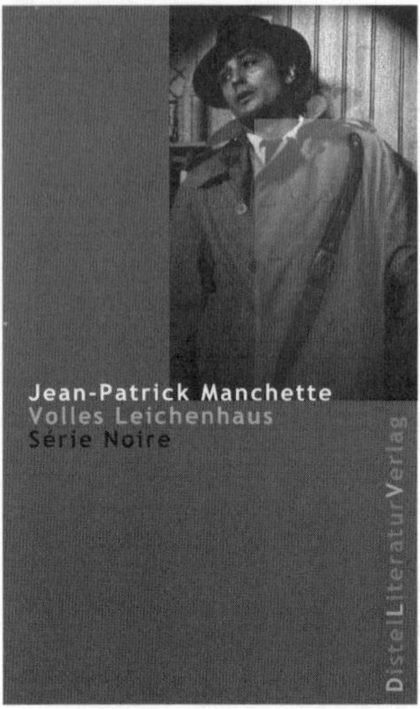

Eugène Tarpon, Ex-Flic, versucht sich als Privatdetektiv in Paris, ohne Erfolg. Als er schon seine Zelte abrechen und zu seiner Mama aufs Land zurückkehren will, engagiert ihn eine junge Frau, weil ihre Freundin bestialisch ermordet wurde. Doch Eugène Tarpon muß bald erkennen, daß der Fall eine Nummer zu groß für ihn ist ...
Verfilmt von Jaques Bral.

Jean-Patrick Manchette
Volles Leichenhaus
ISBN 3-923208-43-X

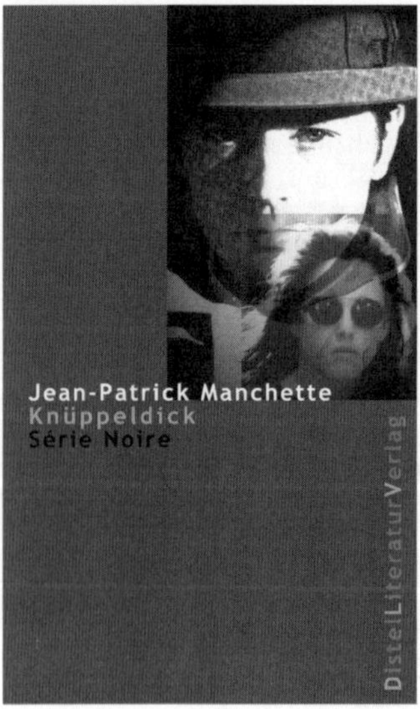

Privatdetektiv Eugène Tarpon leidet immer noch nicht an Überbeschäftigung. Da kommt der Auftrag, ein verschwundenes blindes Mädchen zu suchen, gerade recht. Als seine Mandantin, die Mutter der Verschwundenen, kurz darauf vor seinen Augen erschossen wird, ermittelt Tarpon weiter. Aber das hätte er vielleicht besser lassen sollen ...
Verfilmt mit Alain Delon.

Jean-Patrick Manchette
Knüppeldick
ISBN 3-923208-44-8

Tatort: Paris - Korsika - Brasilien. Jemand interessiert sich für Papas Filme, besonders für den mit Trotzki. Und dieser Jemand ist ein Mörder. Nach dem mysteriösen Selbstmord von Bertrants Vater nun auch seine Mutter, erschlagen mit einer Filmdose. Für die Gendarmerie ist die Mutter Opfer eines Einbruchs. Die Tat von Landstreichern. Aber Bertrant glaubt nicht an diese Version. Er will den Film finden — und er will Rache.

Jean-Bernard Pouy
Papas Kino
ISBN 3-923208-59-6

Nizza: Zoj Werstein, Wittgenstein-Fan, Anarchist, zudem Roma. Und hilfsbereit. Auch, als er im Krankenhaus auf Liliane trifft, der eine Autotür ins Kreuz geflogen ist, und ihr seine Wittgensteinausgabe leiht. Liliane ist am nächsten Morgen samt seinem so geliebten Buch verschwunden. Bei der Suche nach ihnen wird Zoj unversehens zum Hauptakteur in einer harten Auseinandersetzung mit einem Ring von Kindesentführern...

PRIX DE LA VILLE DE REIMS

Jean-Bernard Pouy
Engelfänger
ISBN 3-923208-57-X

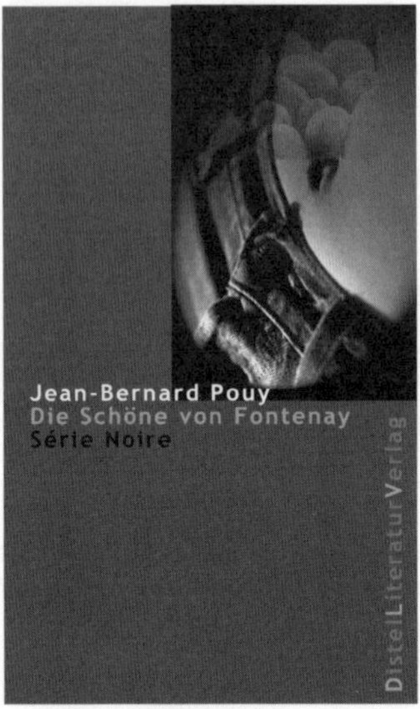

In Enrics Schrebergarten vor Paris wird die Leiche von Laura, einer Schülerin vom benachbarten Gymnasium, gefunden. Das gibt Ärger. Enric beschließt, den Fall aufzuklären, da ihm die Flics sowieso ständig auf die Füße treten. «Verschroben, lakonisch und fesselnd. Nicht nur Krimi, sondern Gesellschaftsportrait *(Hamburger Abendblatt)*.»

TROPHÉE 813 DU MEILLEUR ROMAN FRANCOPHONE

Jean-Bernard Pouy
Die Schöne von Fontenay
ISBN 3-923208-48-0

Die beiden «Schläfer» Benno und Adrien, sind auf Larchmütz, einem Bauernhof in der Bretagne, untergetaucht. Nach 25 Jahren werden sie von der «Orga» reaktiviert. Engagiert nehmen sie den Kampf wieder auf – beobachtet von Momone, der Kuh Nr. 5632 mit telepathischen Fähigkeiten. Aber was sind das für eigenartige Aufträge, die sie jetzt ausführen sollen?

PRIX POLAR MICHEL LEBRUN

Jean-Bernard Pouy
Larchmütz 5632
ISBN 3-923208-45-6

Kommissar Maurice Laice ist im Streß: Zwei Leichen an einem Tag stören das geruhsame Leben im normannischen Granville:
Ein bereits seit Tagen im Ärmelkanal dahindümpelnder Mann wird angeschwemmt. Und im Thalasso-«Wellness»institut steigt eine Frau nicht mehr aus der Badewanne, Todesursache: Überdosis Narkosemittel. Und als ob das nicht genug wäre, mischt sich Agnès, die Schwester der Toten, auch noch in seine Ermittlungen ein ...

Chantal Pelletier
Eros und Thalasso
ISBN 3-923208-46-4

Ein Doppelmord im «Moulin Rouge»: Manfred, homosexueller Startänzer, und Elsa, angehende Garderobiere, werden in inniger Umarmung mit durchgeschnittener Kehle aufgefunden. Gerade der richtige Einstieg für Kommissar Maurice Laice, der nach seinem Aufenthalt in der Normandie wieder nach Paris zurück versetzt worden ist.

GRAND PRIX DU ROMAN NOIR FRANÇAIS

Chantal Pelletier
Der Bocksgesang
ISBN 3-923208-53-7

In der Reihe «auf abwegen» sind bisher erschienen:

Jean-Patrick Manchette
Volles Leichenhaus
ISBN 3-923208-43-X

Jean-Patrick Manchette
Knüppeldick
ISBN 3-923208-44-8

Jean-Patrick Manchette
Fatal
ISBN 3-923208-47-2

Jean-Patrick Manchette
Blutprinzessin
ISBN 3-923208-49-9

Jean-Patrick Manchette
Nada
ISBN 3-923208-55-3

Jean-Patrick Manchette
Westküstenblues
ISBN 3-923208-62-6

Jean-Patrick Manchette
Tödliche Luftschlösser
ISBN 3-923208-63-4

Marcela Serrano
Unsere Señora der Einsamkeit
ISBN 3-923208-61-8

Chantal Pelletier
Eros und Thalasso
ISBN 3-923208-46-4

Chantal Pelletier
Der Bocksgesang
ISBN 3-923208-53-7

Jean-Bernard Pouy
Larchmütz 5632
ISBN 3-923208-45-6

Jean-Bernard Pouy
Die Schöne von Fontenay
ISBN 3-923208-48-0

Jean-Bernard Pouy
Engelfänger
ISBN 3-923208-57-X

Jean-Bernard Pouy
Papas Kino
ISBN 3-923208-59-6

Pascale Fonteneau
Die verlorenen Söhne der Sylvie Derijke
ISBN 3-923208-52-9

Sylvie Granotier
Dodo
ISBN 3-923208-54-5

Thierry Jonquet
Die Goldgräber
ISBN 3-923208-51-0

Serge Preuss
Einverständnis vorausgesetzt
ISBN 3-923208-50-2

Laurence Démonio
Eine Art Engel
ISBN 3-923208-40-5

Jordi Sierra i Fabra
Tod in Havanna
ISBN 3-923208-42-1

Roberto Estrada Bourgeois
Ein Modigliani aus Kuba
ISBN 3-923208-39-1

In Vorbereitung:

Rolo Diez
Der Tequila-Effekt
ISBN 3-923208-70-7

Didier Daeninckx
Bei Erinnerung Mord
ISBN 3-923208-56-1

Tonino Benacquista
Drei rote Vierecke auf schwarzem Grund
ISBN 3-923208-69-3